Goethe genoß sein Leben in vollen Zügen: Wein, Weib und Gesang standen an erster Stelle. So schrieb er zum Beispiel an seine Geliebte Christiane Vulpius wollüstige Zeilen: »Wärst du nur jetzt bey mir! Es sind überall große breite Betten.« Und im *Faust* schildert er ein fröhliches Trinkgelage in »Auerbachs Keller in Leipzig«.

In seinem gesamten Werk äußert sich diese Lebenslust. Die schönsten und unterhaltsamsten Passagen versammelt der vorliegende Band.

insel taschenbuch 3630

Lebenslust mit Goethe

Lebenslust mit Goethe

Ausgewählt von Mario Leis

Insel Verlag

Umschlagillustration: Hans Traxler

insel taschenbuch 3630
Originalausgabe
Erste Auflage 2010

Quellenverzeichnis am Schluß des Bandes
Vertrieb durch den Suhrkamp Taschenbuch Verlag
Umschlag nach Entwürfen von Willy Fleckhaus
Satz: Hümmer GmbH., Waldbüttelbrunn
Druck: CPI – Ebner & Spiegel, Ulm
Printed in Germany
ISBN 978-3-458-35330-0

1 2 3 4 5 6 – 15 14 13 12 11 10

Lebenslust mit Goethe

LEBENSGENUSS

»Wie man nur so leben mag?
Du machst dir gar keinen guten Tag!«
Ein guter Abend kommt heran,
Wenn ich den ganzen Tag getan.

Wenn man mich da und dorthin zerrt
Und wo ich nichts vermag,
Bin von mir selbst nur abgesperrt,
Da hab' ich keinen Tag.

Tut sich nun auf was man bedarf
Und was ich wohl vermag,
Da greif ich ein, es geht so scharf,
Da hab' ich meinen Tag.

Ich scheine mir an keinem Ort,
Auch Zeit ist keine Zeit,
Ein geistreich-aufgeschloßnes Wort
Wirkt auf die Ewigkeit.

DIE NACHT

Gern verlaß ich diese Hütte,
Meiner Liebsten Aufenthalt,
Wandle mit verhülltem Tritte
Durch den ausgestorbnen Wald.
Luna bricht die Nacht der Eichen,
Zephirs melden ihren Lauf,
Und die Birken streun mit Neigen
Ihr den süßten Weihrauch auf.

Schauer, der das Herze fühlen,
Der die Seele schmelzen macht,
Flüstert durchs Gebüsch im Kühlen.
Welche schöne, süße Nacht!
Freude! Wollust! Kaum zu fassen!
Und doch wollt' ich, Himmel, dir
Tausend solcher Nächte lassen,
Gäb' mein Mädgen Eine mir.

UNBESTÄNDIGKEIT

Im spielenden Bache da lieg ich wie helle!
Verbreite die Arme der kommenden Welle,
Und buhlerisch drückt sie die sehnende Brust.
Dann trägt sie ihr Leichtsinn im Strome darnieder,
Schon naht sich die zweite und streichelt mich wieder,
Da fühl ich die Freuden der wechselnden Lust.

O Jüngling sei weise, verwein' nicht vergebens
Die fröhlichsten Stunden des traurigen Lebens
Wenn flatterhaft je dich ein Mädgen vergißt.
Geh, ruf sie zurücke die vorigen Zeiten,
Es küßt sich so süße der Busen der Zweiten,
Als kaum sich der Busen der Ersten geküßt.

MAIFEST

Wie herrlich leuchtet
Mir die Natur!
Wie glänzt die Sonne!
Wie lacht die Flur!

Es dringen Blüten
Aus jedem Zweig,
Und tausend Stimmen
Aus dem Gesträuch,

Und Freud und Wonne
Aus jeder Brust.
O Erd o Sonne
O Glück o Lust!

O Lieb' o Liebe,
So golden schön,
Wie Morgenwolken
Auf jenen Höhn;

Du segnest herrlich
Das frische Feld,
Im Blütendampfe
Die volle Welt.

O Mädchen Mädchen,
Wie lieb' ich dich!
Wie blinkt dein Auge!
Wie liebst du mich!

So liebt die Lerche
Gesang und Luft,
Und Morgenblumen
Den Himmels Duft,

Wie ich dich liebe
Mit warmen Blut,
Die du mir Jugend
Und Freud und Mut

Zu neuen Liedern,
Und Tänzen gibst!
Sei ewig glücklich
Wie du mich liebst!

MAHOMETS GESANG

Seht den Felsenquell
Freudehell
Wie ein Sternenblick!
Über Wolken
Nährten seine Jugend
Gute Geister
Zwischen Klippen im Gebüsch.

Jünglingfrisch
Tanzt er aus der Wolke
Auf die Marmorfelsen nieder
Jauchzet wieder
Nach dem Himmel

Durch die Gipfelgänge
Jagt er bunten Kieseln nach,
Und mit frühem Führertritt
Reißt er seine Bruderquellen
Mit sich fort.

Drunten werden in dem Tal
Unter seinem Fußtritt Blumen
Und die Wiese
Lebt von seinem Hauch.

Doch ihn hält kein Schattental
Keine Blumen
Die ihm seine Knie umschlingen
Ihm mit Liebesaugen schmeicheln

Nach der Ebne dringt sein Lauf
Schlangewandelnd.

Bäche schmiegen
Sich gesellig an
Nun tritt er
In die Ebne silberprangend
Und die Ebne prangt mit ihm
Und die Flüsse von der Ebne
Und die Bäche von Gebürgen
Jauchzen ihm und rufen: Bruder!
Bruder nimm die Brüder mit!
Mit zu deinem Alten Vater
Zu dem ewgen Ozean
Der mit weitverbreiten Armen
Unsrer wartet
Die sich ach vergebens öffnen
Seine Sehnenden zu fassen
Denn uns frißt in öder Wüste
Gier'ger Sand
Die Sonne droben
Saugt an unserm Blut
Ein Hügel
Hemmet uns zum Teiche!
Bruder!
Nimm die Brüder von der Ebne
Nimm die Brüder von Gebürgen
Mit zu deinem Vater mit.

Kommt ihr alle! –
Und nun schwillt er

Herrlicher, ein ganz Geschlechte
Trägt den Fürsten hoch empor
Und im rollenden Triumphe
Gibt er Ländern Namen, Städte
Werden unter seinem Fuß.

Unaufhaltsam rauscht er über
Läßt der Türne Flammengipfel
Marmorhäuser eine Schöpfung
Seiner Fülle hinter sich.

Zedernhäuser trägt der Atlas
Auf den Riesenschultern, sausend
Wehen über seinem Haupte
Tausend Segel auf zum Himmel
Seine Macht und Herrlichkeit.

Und so trägt er seine Brüder
Seine Schätze seine Kinder
Dem erwartenden Erzeuger
Freudebrausend an das Herz.

am 10. May.

Eine wunderbare Heiterkeit hat meine ganze Seele eingenommen, gleich den süßen Frühlingsmorgen, die ich mit ganzem Herzen genieße. Ich bin allein, und freue mich meines Lebens in dieser Gegend die für solche Seelen geschaffen ist wie die meine. Ich bin so glücklich, mein Bester, so ganz in dem Gefühle von ruhigem Daseyn versunken, daß meine Kunst darunter leidet. Ich könnte jetzt nicht zeichnen, nicht einen Strich, und bin nie ein größerer Mahler gewesen als in diesen Augenblicken. Wenn das liebe Thal um mich dampft, und die hohe Sonne an der Oberfläche der undurchdringlichen Finsterniß meines Waldes ruht, und nur einzelne Strahlen sich in das innere Heiligthum stehlen, ich dann im hohen Grase am fallenden Bache liege, und näher an der Erde tausend mannichfaltige Gräschen mir merkwürdig werden; wenn ich das Wimmeln der kleinen Welt zwischen Halmen, die unzähligen, unergründlichen Gestalten der Würmchen, der Mückchen, näher an meinem Herzen fühle, und fühle die Gegenwart des Allmächtigen der uns nach seinem Bilde schuf, das Wehen des Allliebenden, der uns in ewiger Wonne schwebend trägt und erhält; mein Freund! wenn's dann um meine Augen dämmert, und die Welt um mich her und der Himmel ganz in meiner Seele ruhn wie die Gestalt einer Geliebten; dann sehne ich mich oft und denke: ach könntest du das wieder ausdrücken, könntest dem Papiere das einhauchen, was so voll, so warm in dir lebt, daß es würde der Spiegel deiner Seele, wie deine Seele ist der Spiegel des unendlichen Gottes! – Mein Freund – Aber ich gehe darüber zu Grunde, ich erliege unter der Gewalt der Herrlichkeit dieser Erscheinungen. [Aus: Die Leiden des jungen Werther]

Den 15 Junius 1775.
Donnerstags morgen
aufm Zürchersee.

Ohne Wein kan's uns auf Erden
Nimmer wie dreyhundert werden
Ohne Wein u. ohne Weiber
Hohl der Teufel unsre Leiber.

. . . . Affen
. . . . geschaffen
. . . . Laus
. . . . Schmaus.

Ich saug an meiner Nabelschnur
Nun Nahrung aus der Welt.
Und herrlich rings ist die Natur
Die mich am Busen hält.
Die Welle wieget unsern Kahn
Im Rudertackt hinauf
Und Berge Wolcken angethan
Entgegnen unserm Lauf.

Aug mein Aug was sinckst du nieder
Goldne Träume kommt ihr wieder
Weg du Traum so Gold du bist
Hier auch Lieb und Leben ist.
Auf der Welle blincken
Tausend schwebende Sterne

Liebe Nebel trincken
Rings die türmende Ferne
Morgenwind umflügelt
Die beschattete Bucht
Und im See bespiegelt
Sich die reifende Frucht
Vom Berge in die See
Vid. das Privat Archiv des Dichters
Lit. L.

Wenn ich liebe Lili dich nicht liebte
Welche Wonne gäb mir dieser Blick
Und doch wenn ich Lili dich nicht liebt
Wär! Was Wär mein Glück.

Liebe Frau ich war heut Nacht von einem Teufels Humor zu Anfange. Es drückte mich und Louisen dass Sie fehlten. Die Keller und die niedliche Bechtolsheim konnten mich nicht in Schwung bringen. Carl gab mir das Zettelgen, das machte die Sache ärger, mich brannt es unter den Sohlen zu Ihnen zu laufen. Endl. fing ich an zu miseln, und da gings besser. Die Liebeley ist doch das probatste Palliativ in solchen Umständen. Ich log und trog mich bey allen hübschen Gesichtern herum, und hatte den Vorteil, immer im Augenblick zu glauben was ich sagte. Das Milchmädgen gefiel mir wohl, mit etwas mehr Jugend und Gesundheit wäre sie mir gefährlich. Die Niedlichkeit der Italienischen Blumenkränze stand der Gräfin G⟨örtz⟩ nicht besser zu Gesicht und Taille, als die Festigkeit und Treue Coucis ihrem Manne. Die Herz⟨ogin⟩ M⟨utter⟩ war lieb und gut, Louise ein Engel, ich hätte mich ihr etlichemal zu Füssen werfen müssen! Aber ich blieb in Fassung und krämte läppisches Zeug aus. Sie widersprach über eine Kleinigkeit dem Herzog hefftig – doch macht ich sie nachher lachen. Wir dachten an dich liebe Frau. Kommst doch heut Abend. G. 27. Jan. 76.

⟨Weimar, 14. 4. 1776⟩

Warum gabst du uns die Tiefen Blicke
Unsre Zukunft ahndungsvoll zu schaun
Unsrer Liebe, unserm Erdenglücke
Wähnend selig nimmer hinzutraun?
Warum gabst uns Schicksal die Gefühle
Uns einander in das Herz zu sehn,
Um durch all die seltenen Gewühle
Unser wahr Verhältnis auszuspähn.

Ach so viele tausend Menschen kennen
Dumpf sich treibend kaum ihr eigen Herz,
Schweben zwecklos hin und her und rennen
Hoffnungslos in unversehnem Schmerz,
Jauchzen wieder wenn der schnellen Freuden
Unerwarte Morgenröte tagt.
Nur uns Armen liebevollen beiden
Ist das wechselseitge Glück versagt
Uns zu lieben ohn uns zu verstehen,
In dem Andern sehn was er nie war
Immer frisch auf Traumglück auszugehen
Und zu schwanken auch in Traumgefahr.

Glücklich den ein leerer Traum beschäftigt!
Glücklich dem die Ahndung eitel wär!
Jede Gegenwart und jeder Blick bekräftigt
Traum und Ahndung leider uns noch mehr.
Sag was will das Schicksal uns bereiten?
Sag wie band es uns so rein genau?
Ach du warst in abgelebten Zeiten
Meine Schwester oder meine Frau.

Kanntest jeden Zug in meinem Wesen,
Spähtest wie die reinste Nerve klingt,
Konntest mich mit Einem Blicke lesen
Den so schwer ein sterblich Aug durchdringt
Tropftest Mäßigung dem heißen Blute,
Richtetest den wilden irren Lauf,
Und in deinen Engelsarmen ruhte
Die zerstörte Brust sich wieder auf,
Hieltest zauberleicht ihn angebunden
Und vergaukeltest ihm manchen Tag.
Welche Seligkeit glich jenen Wonnestunden.
Da er dankbar dir zu Füßen lag.
Fühlt sein Herz an deinem Herzen schwellen.
Fühlte sich in deinem Auge gut,
Alle seine Sinnen sich erhellen
Und beruhigen sein brausend Blut.

Und von allem dem schwebt ein Erinnern
Nur noch um das ungewisse Herz
Fühlt die alte Wahrheit ewig gleich im Innern,
Und der neue Zustand wird ihm Schmerz.
Und wir scheinen uns nur halb beseelet
Dämmernd ist um uns der hellste Tag.
Glücklich daß das Schicksal das uns quälet
Uns doch nicht verändern mag.

AN CHRISTEL

Hab oft einen dummen düstern Sinn
Ein gar so schweres Blut,
Wenn ich bei meiner Christel bin
Ist alles wieder gut.
Ich seh sie dort, ich seh sie hier
Und weiß nicht auf der Welt
Und wie und wo und wann sie mir
Warum sie mir gefällt.

Das schwarze Schelmenaug dadrein
Die schwarze Braue drauf,
Seh ich ein einzigsmal hinein
Die Seele geht mir auf.
Ist eine die so lieben Mund
Liebrunde Wänglein hat?
Ach und es ist noch etwas rund
Da sieht kein Aug sich satt.

Und wenn ich sie dann fassen darf
Im lüftgen deutschen Tanz
Das geht herum das geht so scharf
Da fühl ich mich so ganz.
Und wenn's ihr tummlich wird und warm
Da wieg ich sie sogleich
An meiner Brust in meinem Arm
Ist mir ein Königreich.

Und wenn sie liebend nach mir blickt
Und alles rund vergißt
Und dann an meine Brust gedrückt
Und weidlich eins geküßt
Das läuft mir durch das Rückenmark
Bis in die große Zeh
Ich bin so schwach ich bin so stark
Mir ist so wohl, so weh!

Da mögt ich mehr und immermehr
Der Tag wird mir nicht lang,
Wenn ich die Nacht auch bei ihr wär
Dafür wär mir nicht bang
Ich denk ich halte sie einmal
Und büße meine Lust,
Und endigt sich nicht meine Qual
Sterb ich an ihrer Brust.

AN CHARLOTTE VON STEIN

Mi. 10.⟨-11.⟩ 12. 1777

d 10. Vor Tag. eh ich wieder hier aufbreche noch einen guten Morgen.

Nachts gegen 7. Was soll ich vom Herren sagen mit Federspulen, was für ein Lied soll ich von ihm singen? im Augenblick wo mir alle Prose zur Poesie und alle Poesie zur Prose wird. Es ist schon nicht möglich mit der Lippe zu sagen was mir widerfahren ist wie soll ichs mit dem spizzen Ding hervorbringen. Liebe Frau. Mit mir verfährt Gott wie mit seinen alten heiligen, und ich weis nicht woher mir's kommt. Wenn ich zum Befestigungs Zeichen bitte dass möge das Fell trocken seyn und die Tenne nass so ists so, und umgekehrt auch, und mehr als alles die übermütterliche Leitung zu meinen Wünschen. Das Ziel meines Verlangens ist erreicht, es hängt an vielen Fäden, und viele Fäden hingen davon, Sie wissen wie simbolisch mein Daseyn ist – – Und die Demuth die sich die Götter zu verherrlichen einen Spas machen, und die Hingebenheit von Augenblick zu Augenblick, die ich habe, und die vollste Erfüllung meiner Hoffnungen.

Ich will Ihnen entdecken |:sagen Sie's niemand:| dass meine Reise auf den Harz war, dass ich wünschte den Brokken zu besteigen, und nun liebste bin ich heut oben gewesen, ganz natürlich, ob mir's schon seit 8 Tagen alle Menschen als unmöglich versichern. Aber das *Wie*, von allem, das warum, soll aufgehoben seyn wenn ich Sie wieder sehe. wie gerne schrieb ich iezt nicht.

Ich sagte: ich hab einen Wunsch auf den Vollmond! –

Nun Liebste tret ich vor die Thüre hinaus da liegt der Brocken im hohen herrlichen Mondschein über den Fichten vor mir und ich war oben heut und habe auf dem Teufels Altar meinem Gott den liebsten Danck geopfert.

Ich will die Nahmen ausfüllen der Orte. Iezt bin ich auf dem sogenannten Torfhause, eines Försters Wohnung zwey Stunden vom Brocken.

Clausthal d. 11. Abends, heut früh bin ich vom Torfhause über die Altenau wieder zurück und habe Ihnen viel erzählt unter weegs, o ich bin ein gesprächiger Mensch wenn ich allein bin.

Nur ein Wort zur Erinnrung. wie ich gestern zum Torfhause kam sas der Förster bey seinem Morgenschluck in Hemdsermeln, und diskursive redete ich vom Brocken und er versicherte die Unmöglichkeit hinauf zu gehn, und wie offt er Sommers droben gewesen wäre und wie leichtfertig es wäre iezt es zu versuchen – Die Berge waren im Nebel man sah nichts, und so sagt er ists auch iezt oben, nicht drey Schritte vorwärts können Sie sehn. Und wer nicht alle Tritte weis ppp. Da sas ich mit schweerem Herzen, mit halben Gedancken wie ich zurückkehren wollte. Und ich kam mir vor wie der König den der Prophet mit dem Bogen schlagen heisst und der zu wenig schlägt. Ich war still und bat die Götter das Herz dieses Menschen zu wenden und das Wetter, und war still. So sagt er zu mir: nun können Sie den Brocken sehn, ich trat ans Fenster und er lag vor mir klar wie mein Gesicht im Spiegel, da ging mir das Herz auf und ich rief: Und ich sollte nicht hinaufkommen! haben Sie keinen Knecht, niemanden – Und er sagte ich will mit Ihnen gehn. – – Ich habe ein Zeichen in's Fenster geschnitten zum Zeugniss meiner Freuden Trähnen und wärs nicht an Sie hielt ich's für Sünde es zu schreiben. Ich habs nicht geglaubt biss auf der obersten Klippe. Alle Nebel lagen unten, und oben war herrliche Klarheit und heute Nacht bis früh war er im Mondschein sichtbaar und finster auch in der Morgendämmrung da ich aufbrach. Adieu. Morgen geh ich von hier weg. Sie hören nun aus andren Gegenden von mir. Fühlen Sie etwa Beruf mir zu schreiben geben Sie's nur Philippen, dem hab ich eine Adresse gemeldet.

Adieu Liebste. Grüsen Sie Steinen und die Waldnern, aber niemanden wo ich bin. Adieu. G.

GESANG DER GEISTER ÜBER DEN WASSERN

Des Menschen Seele
Gleicht dem Wasser:
Vom Himmel kommt es,
Zum Himmel steigt es,
Und wieder nieder
Zur Erde muß es,
Ewig wechselnd.

Strömt von der hohen,
Steilen Felswand
Der reine Strahl,
Dann stäubt er lieblich
In Wolkenwellen
Zum glatten Fels,
Und leicht empfangen,

Wallt er verschleiernd,
Leisrauschend,
Zur Tiefe nieder.

Ragen Klippen
Dem Sturze entgegen,
Schäumt er unmutig
Stufenweise
Zum Abgrund.

Im flachen Bette
Schleicht er das Wiesental hin,
Und in dem glatten See
Weiden ihr Antlitz
Alle Gestirne.

Wind ist der Welle
Lieblicher Buhler;
Wind mischt vom Grund aus
Schäumende Wogen.

Seele des Menschen,
Wie gleichst du dem Wasser!
Schicksal des Menschen,
Wie gleichst du dem Wind!

Kennst du das Land? wo die Citronen blühn,
Im dunkeln Laub die Gold-Orangen glühn,
Ein sanfter Wind vom blauen Himmel weht,
Die Myrte still und hoch der Lorbeer steht,
Kennst du es wohl?
                    Dahin! Dahin
Möcht' ich mit dir, o mein Geliebter, ziehn.

Kennst du das Haus? Auf Säulen ruht sein Dach,
Es glänzt der Saal, es schimmert das Gemach,
Und Marmorbilder stehn und sehn mich an:
Was hat man dir, du armes Kind, getan?
Kennst du es wohl?
                    Dahin! Dahin
Möcht' ich mit dir, o mein Beschützer, ziehn.

Kennst du den Berg, und seinen Wolkensteg?
Das Maultier sucht im Nebel seinen Weg;
In Höhlen wohnt der Drachen alte Brut;
Es stürzt der Fels und über ihn die Flut.
Kennst du ihn wohl?
                    Dahin! Dahin
Geht unser Weg! o Vater, laß uns ziehn!

PLANETENTANZ

Zum 30. Januar 1784

An Deinem Tage reget sich,
Das ganze Firmament,
Und was am Himmel schönes brennt
Das kommt und grüßet Dich.

Aufzug

Vier Winde machen Raum. Die zwölf Himmelszeichen treten hervor, sie bringen Liebe, Leben und Wachstum mit sich. Diese schönen Kinder eilen die Fürstin zu begrüßen; indes bildet sich der Tierkreis. Die Planeten treten hinein. Mercur ruft sie zur Feier des Tages; allein noch bezeigen sie ihren Unmut, denn die Sonne verweilt zu kommen. Doch auch sie naht sich bald mit ihrem Gefolge, sendet ihre wirksamsten Strahlen der Fürstin zum Geschenke, und der feierliche Tanz beginnt.

DIE LIEBE *Leben und Wachstum mit sich führend:*
Oft schon kam ich frisch und heiter,
Freute Deines Tags mich hier;
Doch ich eilte flüchtig weiter,
Denn zu einsam war es mir.

Heut komm' ich aus fernen Reichen
Wieder her zu Dir geschwind –
Kinder lieben ihres Gleichen
Und ich bin noch immer Kind.

Darum hab' ich mir aus vielen
Diese mit herbei gebracht,
Finde gar auch den Gespielen,
Der uns frisch entgegen lacht.

Gerne bleiben wir und wahren
Mit der größten Sorgfalt Ihn,
Deinen Sohn, der Dir nach Jahren
Doch zur rechten Stund' erschien.

Immer soll das reinste Leben
Mit Ihm wachen, bei Ihm ruhn,
Und der Wachstum mit Ihm streben,
Edel einst Dir gleich zu tun.

MERCUR Munter bin ich wie die Flammen,
Daß mich alle Götter loben;
Immer ruf' ich sie zusammen,
Und gewöhnlich folgt man mir.

Aber heute stand ich oben
Müßig an des Himmels Stufen,
Denn sie kommen ungerufen
Und versammeln sich vor Dir.

VENUS Nicht leer dacht' ich herab zu steigen:
Ich mach' Ihr jedes Herz zu eigen,
Das wird an Ihrem Tag' die schönste Gabe sein,
Es ist der Himmelsgaben beste.
So sprach ich, trat voll Zuversicht herein;
Allein ich seh', sie sind schon alle Dein,
Und so bin ich nur unnütz bei dem Feste.

TELLUS Mich schmückt ein tausendfaches Leben,
Das nur von mir das Leben nimmt;
Nur ich kann allen alles geben:
Genießet was ich euch bestimmt!

Auch will ich keinem Sterne weichen,
Auf so viel Güter stolz bin ich,
Am stolzesten auf Deines Gleichen
Und Dich!

LUNA Was im dichten Haine
Oft bei meinem Scheine
Deine Hoffnung war
Komm' auf lichten Wegen
Lebend Dir entgegen,
Stell' erfüllt sich dar.

Meiner Ankunft Schauern
Sollst Du nie mit Trauern
Still entgegen gehn;
Im Genuß der Freuden
Will zu allen Zeiten
Ich Dich wandeln sehn.

MARS Von dem Meere
Wo die Heere
Mutig stehn,
Von dem Orte
Wo der Pforte
Drohende Gefahren wehn,
Aus der Ferne

Wendet her sich meine Kraft,
Und ich weile gerne
Wo dein Blick
Häuslich Glück
Täglich schafft.

JUPITER Ich bin der oberste der Götter
Wer will sich über mich erhöhn?
Ich schleudre fürchterliche Wetter;
Wer ist's, wer kann mir widerstehn?

Wie würd' es meine Brust entzünden,
Bestritte mir ein Gott das Reich!
Allein in dem was sie für Dich empfinden,
Weiß ich gern alle sie mir gleich.

SATURN Grau und langsam, doch nicht älter
Als ein andres Himmelslicht,
Still und ernsthaft, doch nicht kälter
Tret' ich vor Dein Angesicht.

Glücklich wie im Göttersaale
Find' ich Dich auf Deinem Thron,
Dich beglückt in dem Gemahle
In der Tochter und dem Sohn.

Sieh' wir segnen Dich, wir bringen
Dir ein bleibendes Geschick,
Und auf himmlisch reinen Schwingen
Ruhet über Dir das Glück.

Deine Tage so umkränzend,
Immer licht und neu belebt,
Wie der Ring, der ewig glänzend
Mein erhabnes Haupt umschwebt.

CYBELE
Im fernen Raum, wohin kein menschlich Auge drang,
Wo ich der Sterne reine Bahn erblickte,
Und mich ihr lieblicher Gesang
Zu höhern Himmeln aufentzückte,

Dort schwebt' ich einsam ungenannt,
Seit vielen tausend tausend Jahren,
Ich war der Erde unbekannt
Und hatte nichts von ihr erfahren;

Nun rufen mich verwandte Sphären:
O Schwester bleib' allein nicht fern!
Zum erstenmal ein neuer Stern
Komm' auch herab Sie zu verehren! –

Bei Deinem Feste scheint mein stilles Licht;
Zwar stieg' ich halb mit Widerwillen nieder;
Allein vor Dir und Deinem Angesicht
Find' ich den ganzen Himmel wieder.

SOL Von mir kommt Leben und Gewalt,
Gedeihen, Wohltun, Macht;
Und würd' ich finster, ruhig, kalt,
Stürzt' alles in die Nacht.

Man ehrt mich, weil ich herrlich bin,
Man liebt mich, weil ich mild.
Des Bildes ist ein edler Sinn,
Du liebst ein edles Bild.

Die Wolken führ' ich gleich und schnell
Mit unverdroßnem Arm,
Mein Licht ist allen Erden hell,
Und meine Strahlen warm.

Erfülle Fürstin Deine Pflicht
Gesegnet tausendmal!
Und Dein Verstand sei wie mein Licht
Dein Wille wie mein Strahl.

Rom den 1. November 1786.

Ja ich bin endlich in dieser Hauptstadt der Welt angelangt! Wenn ich sie in guter Begleitung, angeführt von einem recht verständigen Manne, vor funfzehn Jahren gesehn hätte, wollte ich mich glücklich preisen. Sollte ich sie aber allein, mit eignen Augen sehen und besuchen; so ist es gut, daß mir diese Freude so spät zu Teil ward.

Über das Tyroler Gebirg bin ich gleichsam weggeflogen. Verona, Vicenz, Padua, Venedig habe ich gut, Ferrara, Cento, Bologna flüchtig und Florenz kaum gesehen. Die Begierde nach Rom zu kommen war so groß, wuchs so sehr mit jedem Augenblicke, daß kein Bleibens mehr war, und ich mich nur drei Stunden in Florenz aufhielt. Nun bin ich hier und ruhig und wie es scheint auf mein ganzes Leben beruhigt. Denn es geht, man darf wohl sagen, ein neues Leben an, wenn man das Ganze mit Augen sieht, das man teilweise in- und auswendig kennt. Alle Träume meiner Jugend seh' ich nun lebendig, die ersten Kupferbilder deren ich mich erinnere, (mein Vater hatte die Prospekte von Rom auf einem Vorsale aufgehängt) seh' ich nun in Wahrheit, und alles was ich in Gemälden und Zeichnungen, Kupfern und Holzschnitten, in Gyps und Kork schon lange gekannt, steht nun beisammen vor mir, wohin ich gehe finde ich eine Bekanntschaft in einer neuen Welt, es ist alles wie ich mir's dachte und alles neu. Eben so kann ich von meinen Beobachtungen, von meinen Ideen sagen. Ich habe keinen ganz neuen Gedanken gehabt, nichts ganz fremd gefunden, aber die alten sind so bestimmt, so lebendig, so zusammenhängend geworden, daß sie für neu gelten können.

Da Pygmalions Elise, die er sich ganz nach seinen Wünschen geformt, und ihr so viel Wahrheit und Dasein gegeben hatte, als der Künstler vermag, endlich auf ihn zukam und sagte: *ich bins!* wie anders war die Lebendige, als der gebildete Stein.

Wie moralisch heilsam ist mir es dann auch, unter einem ganz sinnlichen Volke zu leben, über das so viel Redens und Schreibens ist, das jeder Fremde nach dem Maßstabe beurteilt den er mitbringt. Ich verzeihe jedem der sie tadelt und schilt, sie stehn zu weit von uns ab, und als Fremder mit ihnen zu verkehren, ist beschwerlich und kostspielig.

[Aus: Italienische Reise]

⟨URSPRÜNGLICH II⟩

Mehr als ich ahndete schön das Glück es ist mir geworden
Amor führte mich klug allen Palästen vorbei.
Ihm ist es lange bekannt, auch hab ich es selbst wohl erfahren
Was ein goldnes Gemach hinter Tapeten verbirgt.
Nennet blind ihn und Knaben und ungezogen ich kenne
Kluger Amor dich wohl, nimmer bestechlicher Gott!
Uns verführten sie nicht die majestätschen Façaden,
Nicht der galante Balkon, weder das ernste Cortil.
Eilig ging es vorbei, und niedre zierliche Pforte
Nahm den Führer zugleich, nahm den Verlangenden auf.
Alles verschafft er mir da, hilft alles und alles erhalten
Streuet jeglichen Tag frischere Rosen mir auf.
Hab ich den Himmel nicht hier? – Was gibst du schöne Borghese,
Nipotina was gibst deinem Geliebten du mehr?
Tafel, Gesellschaft und Cors und Spiel und Oper und Bälle
Amorn rauben sie nur oft die gelegenste Zeit.
Ekel bleibt mir Gezier und Putz und hebet am Ende
Sich ein brokatener Rock nicht wie ein wollener auf?
Oder will sie bequem den Freund im Busen verbergen,
Wünscht er von alle dem Schmuck nicht schon behend sie befreit?
Müssen nicht jene Juwelen und Spitzen, Polster und Fischbein
Alle zusammen herab, eh er die Liebliche fühlt?
Näher haben wir das! Schon fällt dein wollenes Kleidchen,
So wie der Freund es gelöst faltig zum Boden hinab.

Eilig trägt er das Kind, in leichter linnener Hülle
    Wie es der Amme geziemt, scherzend aufs Lager hinan.
Ohne das seidne Gehäng und ohne gestickte Matratzen
    Stehet es, zweien bequem, frei in dem weiten Gemach.
Nehme dann Jupiter mehr von seiner Juno, es lasse
    Wohler sich, wenn er es kann irgendein Sterblicher sein.
Uns ergötzen die Freuden des echten nacketen Amors
    Und des geschaukelten Betts lieblicher knarrender Ton.

[Aus: Römische Elegien]

FÜNFTE ELEGIE

Froh empfind' ich mich nun auf klassischem Boden begeistert,
    Lauter und reizender spricht Vorwelt und Mitwelt zu mir.
Ich befolge den Rat, durchblättre die Werke der Alten
    Mit geschäftiger Hand täglich mit neuem Genuß.
Aber die Nächte hindurch hält Amor mich anders beschäftigt,
    Werd ich auch halb nur gelehrt, bin ich doch doppelt vergnügt.
Und belehr ich mich nicht? wenn ich des lieblichen Busens
    Formen spähe, die Hand leite die Hüften hinab.
Dann versteh ich erst recht den Marmor, ich denk' und vergleiche,
    Sehe mit fühlendem Aug', fühle mit sehender Hand.
Raubt die Liebste denn gleich mir einige Stunden des Tages;
    Gibt sie Stunden der Nacht mir zur Entschädigung hin.

Wird doch nicht immer geküßt, es wird vernünftig
gesprochen,
Überfällt sie der Schlaf, lieg ich und denke mir viel.
Oftmals hab' ich auch schon in ihren Armen gedichtet
Und des Hexameters Maß, leise, mit fingernder Hand,
Ihr auf den Rücken gezählt, sie atmet in lieblichem
Schlummer
Und es durchglühet ihr Hauch mir bis ins tiefste
die Brust.
Amor schüret indes die Lampe und denket der Zeiten,
Da er den nämlichen Dienst seinen Triumvirn getan.

[Aus: Römische Elegien]

Ich habe dir schon viele Briefchen geschrieben und weiß nicht wenn sie nach und nach bey dir ankommen werden. Ich habe versäumt die Blätter zu numeriren und fange jetzt damit an. Du erfährst wieder daß ich mich wohl befinde, du weißt daß ich dich herzlich lieb habe. Wärst du nur jetzt bey mir! Es sind überall große breite Betten und du solltest dich nicht beklagen wie es manchmal zu Hauße geschieht. Ach! mein Liebchen! Es ist nichts besser als beysammen zu seyn. Wir wollen es uns immer sagen wenn wir uns wieder haben. Dencke nur! Wir sind so nah an Champagne und finden kein gut Glas Wein. Auf dem Frauenplan solls besser werden, wenn nur erst mein Liebchen Küche und Keller besorgt.

Sey ja ein guter Hausschatz und bereite mir eine hübsche Wohnung. Sorge für das Bübchen und behalte mich lieb.

Behalte mich ja lieb! denn ich bin manchmal in Gedancken eifersüchtig und stelle mir vor: daß dir ein andrer besser gefallen könnte, weil ich viele Männer hübscher und angenehmer finde als mich selbst. Das mußt du aber nicht sehen, sondern du mußt mich für den besten halten weil ich dich ganz entsetzlich lieb habe und mir ausser dir nichts gefällt. Ich träume oft von dir, allerley konfuses Zeug, doch immer daß wir uns lieb haben. Und dabey mag es bleiben.

Bei meiner Mutter hab ich zwey Unterbetten und Küssen von Federn bestellt und noch allerley gute Sachen. Mache nur daß unser Häußchen recht ordentlich wird, für das andre soll schon gesorgt werden. In Paris wirds allerley geben, in Franckfurt giebts noch ein zweytes Judenkrämchen. Heute ist ein Körbchen mit Liqueur abgegangen und ein Päcktchen mit Zuckerwerck. Es soll immer was in die Haußhaltung kommen. Behalte mich nur lieb und sey ein treues Kind, das andre giebt sich. Solang ich dein Herz nicht hatte was half mir das übrige, jetzt da ichs habe möcht ichs gern behalten. Dafür bin ich auch dein. Küsse das Kind, Grüße Meyern und liebe mich.

Im Lager bey Verdün. d. 10. Sept. 1792. G.

DER MUSENSOHN

Durch Feld und Wald zu schweifen,
Mein Liedchen wegzupfeifen,
So geht's von Ort zu Ort!
Und nach dem Takte reget,
Und nach dem Maß beweget
Sich alles an mir fort.

Ich kann sie kaum erwarten
Die erste Blum' im Garten,
Die erste Blüt' am Baum.
Sie grüßen meine Lieder,
Und kommt der Winter wieder,
Sing' ich noch jenen Traum.

Ich sing' ihn in der Weite,
Auf Eises Läng' und Breite,
Da blüht der Winter schön!
Auch diese Blüte schwindet,

Und neue Freude findet
Sich auf bebauten Höhn.

Denn wie ich bei der Linde
Das junge Völkchen finde,
Sogleich erreg' ich sie.
Der stumpfe Bursche bläht sich,
Das steife Mädchen dreht sich
Nach meiner Melodie.

Ihr gebt den Sohlen Flügel,
Und treibt durch Tal und Hügel
Den Liebling weit von Haus.
Ihr lieben holden Musen,
Wann ruh' ich ihr am Busen
Auch endlich wieder aus?

ZUM NEUEN JAHR

Zwischen dem Alten,
Zwischen dem Neuen,
Hier uns zu freuen
Schenkt uns das Glück.
Und das Vergangne
Heißt, mit Vertrauen,
Vorwärts zu schauen,
Schauen zurück.

Stunden der Plage,
Leider, sie scheiden
Treue von Leiden,
Liebe von Lust;
Bessere Tage
Sammlen uns wieder,
Heitere Lieder
Stärken die Brust.

Leiden und Freuden,
Jener verschwundnen,
Sind die Verbundnen
Fröhlich gedenk.
O! des Geschickes
Seltsamer Windung!
Alte Verbindung,
Neues Geschenk!

Dankt es dem regen,
Wogenden Glücke,

Dankt dem Geschicke
Männiglich Gut,
Freut euch des Wechsels
Heiterer Triebe,
Offener Liebe,
Heimlicher Glut!

Andere schauen
Deckende Falten,
Über dem Alten,
Traurig und scheu;
Aber uns leuchtet
Freundliche Treue.
Sehet das Neue
Findet uns neu.

So wie im Tanze
Bald sich verschwindet,
Wieder sich findet
Liebendes Paar;
So, durch des Lebens
Wirrende Beugung,
Führe die Neigung
Uns in das Jahr.

FRÜHZEITIGER FRÜHLING

Tage der Wonne
Kommt ihr so bald?
Schenkt mir die Sonne,
Hügel und Wald?

Reichlicher fließen
Bächlein zumal.
Sind es die Wiesen?
Ist es das Tal?

Blauliche Frische!
Himmel und Höh!
Goldene Fische
Wimmeln im See.

Buntes Gefieder
Rauschet im Hain;
Himmlische Lieder
Schallen darein.

Unter des Grünen
Blühender Kraft,
Naschen die Bienen
Summend am Saft.

Leise Bewegung
Bebt in der Luft,
Reizende Regung,
Schläfernder Duft.

Mächtiger rühret
Bald sich ein Hauch,
Doch er verlieret
Gleich sich im Strauch.

Aber zum Busen
Kehrt er zurück.
Helfet, ihr Musen,
Tragen das Glück!

Saget seit gestern,
Wie mir geschah?
Liebliche Schwestern,
Liebchen ist da!

FRÜHLINGSORAKEL

Du prophet'scher Vogel du,
Blütensänger, o! Coucou!
Bitten eines jungen Paares,
In der schönsten Zeit des Jahres,
Höre, liebster Vogel du,
Kann es hoffen; ruf ihm zu:
Dein Coucou, dein Coucou,
Immer mehr Coucou, Coucou.

Hörst du! ein verliebtes Paar
Sehnt sich herzlich zum Altar;
Und es ist, bei seiner Jugend,
Voller Treue, voller Tugend.

Ist die Stunde denn noch nicht voll?
Sage, wie lange es warten soll?
Horch! Coucou! Horch! Coucou!
Immer stille! Nichts hinzu!

Ist es doch nicht unsre Schuld!
Nur zwei Jahre noch Geduld!
Aber, wenn wir uns genommen,
Werden Pa, pa, papas kommen?
Wisse, daß du uns erfreust,
Wenn du viele prophezeist.
Eins! Coucou! Zwei! Coucou!
Immer weiter Coucou, Coucou, Çou.

Haben wir wohl recht gezählt;
Wenig am Halbdutzend fehlt.
Wenn wir gute Worte geben;
Sagst du wohl, wie lang wir leben?
Freilich, wir gestehen dir's,
Gern zum längsten trieben wir's.
Cou Coucou, Cou Coucou,
Cou, Cou, Cou, Cou, Cou, Cou, Cou, Cou, Cou.

Leben ist ein großes Fest,
Wenn sich's nicht berechnen läßt.
Sind wir nun zusammen blieben;
Bleibt denn auch das treue Lieben?
Könnte das zu Ende gehn;
Wär' doch Alles nicht mehr schön.
Cou Coucou, Cou Coucou:|:
Cou, Cou, Cou, Cou, Cou, Cou, Cou, Cou, Cou.
(Mit Grazie in infinitum.)

TISCHLIED

Mich ergreift, ich weiß nicht wie,
Himmlisches Behagen.
Will mich's etwa gar hinauf
Zu den Sternen tragen?
Doch ich bleibe lieber hier,
Kann ich redlich sagen,
Beim Gesang und Glase Wein
Auf den Tisch zu schlagen.

Wundert euch, ihr Freunde, nicht,
Wie ich mich gebärde;
Wirklich ist es allerliebst
Auf der lieben Erde:
Darum schwör' ich feierlich,
Sonder alle Fährde,
Daß ich mich nicht freventlich,
Wegbegeben werde.

Da wir aber allzumal
So beisammen weilen,
Dächt' ich, klänge der Pokal
Zu des Dichters Zeilen.
Gute Freunde ziehen fort,
Wohl ein hundert Meilen,
Darum soll man hier am Ort
Anzustoßen eilen.

Lebe hoch, wer Leben schafft!
Das ist meine Lehre.

Unser König denn voran,
Ihm gebührt die Ehre.
Gegen inn- und äußern Feind
Setzt er sich zur Wehre;
Ans Erhalten denkt er zwar,
Mehr noch, wie er mehre.

Nun begrüß' ich sie sogleich,
Sie die einzig Eine.
Jeder denke, ritterlich,
Sich dabei die Seine.
Merket auch ein schönes Kind,
Wen ich eben meine,
Nun so nicke sie mir zu:
Leb' auch so der Meine!

Freunden gilt das dritte Glas,
Zweien oder dreien,
Die mit uns, am guten Tag,
Sich im Stillen freuen
Und der Nebel trübe Nacht
Leis und leicht zerstreuen;
Diesen sei ein Hoch gebracht,
Alten oder Neuen.

Breiter wallet nun der Strom,
Mit vermehrten Wellen.
Leben jetzt, im hohen Ton,
Redliche Gesellen!
Die sich, mit gedrängter Kraft,
Brav zusammen stellen,

In des Glückes Sonnenschein
Und in schlimmen Fällen.

Wie wir nun zusammen sind,
Sind zusammen viele.
Wohl gelingen denn, wie uns,
Andern ihre Spiele!
Von der Quelle bis ans Meer
Mahlet manche Mühle,
Und das Wohl der ganzen Welt
Ist's, worauf ich ziele.

Zeche lustiger Gesellen

FROSCH
Will keiner trinken? keiner lachen?
Ich will euch lehren Gesichter machen!
Ihr seid ja heut wie nasses Stroh,
Und brennt sonst immer lichterloh.

BRANDER
Das liegt an dir; du bringst ja nichts herbei,
Nicht eine Dummheit, keine Sauerei.

FROSCH *gießt ihm ein Glas Wein über den Kopf*
Da hast du beides!

BRANDER
Doppelt Schwein!

FROSCH
Ihr wollt' es ja, man soll es sein!

SIEBEL
Zur Tür hinaus wer sich entzweit!
Mit offner Brust singt Runda, sauft und schreit!
Auf! Holla! Ho!

ALTMAYER
Weh mir, ich bin verloren!
Baumwolle her! der Kerl sprengt mir die Ohren.

SIEBEL
Wenn das Gewölbe widerschallt,
Fühlt man erst recht des Basses Grundgewalt.

FROSCH
So recht, hinaus mit dem der etwas übel nimmt!
A! tara lara da!

ALTMAYER

A! tara lara da!

FROSCH

Die Kehlen sind gestimmt.

Singt

Das liebe, heil'ge Röm'sche Reich,
Wie hält's nur noch zusammen?

BRANDER

Ein garstig Lied! Pfui! ein politisch Lied!
Ein leidig Lied! Dankt Gott mit jedem Morgen
Daß ihr nicht braucht für's Röm'sche Reich zu sorgen!
Ich halt' es wenigstens für reichlichen Gewinn,
Daß ich nicht Kaiser oder Kanzler bin.
Doch muß auch uns ein Oberhaupt nicht fehlen;
Wir wollen einen Papst erwählen.
Ihr wißt, welch eine Qualität
Den Ausschlag gibt, den Mann erhöht.

FROSCH *singt*

Schwing' dich auf, Frau Nachtigall,
Grüß' mir mein Liebchen zehentausendmal.

SIEBEL

Dem Liebchen keinen Gruß! Ich will davon nichts hören!

FROSCH

Dem Liebchen Gruß und Kuß! du wirst mir's nicht verwehren!

Singt

Riegel auf! in stiller Nacht.
Riegel auf! der Liebste wacht.
Riegel zu! des Morgens früh.

SIEBEL

Ja, singe, singe nur, und lob' und rühme sie!
Ich will zu meiner Zeit schon lachen.
Sie hat mich angeführt, dir wird sie's auch so machen.
Zum Liebsten sei ein Kobold ihr beschert!
Der mag mit ihr auf einem Kreuzweg schäkern;
Ein alter Bock, wenn er vom Blocksberg kehrt,
Mag im Galopp noch gute Nacht ihr meckern!
Ein braver Kerl von echtem Fleisch und Blut
Ist für die Dirne viel zu gut.
Ich will von keinem Gruße wissen,
Als ihr die Fenster eingeschmissen!

BRANDER *auf den Tisch schlagend*

Paßt auf! paßt auf! Gehorchet mir!
Ihr Herrn gesteht, ich weiß zu leben;
Verliebte Leute sitzen hier,
Und diesen muß, nach Standsgebühr,
Zur guten Nacht ich was zum Besten geben.
Gebt Acht! Ein Lied vom neusten Schnitt!
Und singt den Rundreim kräftig mit!

Er singt

Es war eine Ratt' im Kellernest,
Lebte nur von Fett und Butter,
Hatte sich ein Ränzlein angemäst't,
Als wie der Doktor Luther.
Die Köchin hatt' ihr Gift gestellt;
Da ward's so eng' ihr in der Welt,
Als hätte sie Lieb' im Leibe.

CHORUS *jauchzend*

Als hätte sie Lieb' im Leibe.

BRANDER

Sie fuhr herum, sie fuhr heraus,
Und soff aus allen Pfützen,
Zernagt', zerkratzt' das ganze Haus,
Wollte nichts ihr Wüten nützen;
Sie tät gar manchen Ängstesprung,
Bald hatte das arme Tier genung,
Als hätt' es Lieb' im Leibe.

CHORUS

Als hätt' es Lieb' im Leibe.

BRANDER

Sie kam vor Angst am hellen Tag
Der Küche zugelaufen,
Fiel an den Herd und zuckt' und lag,
Und tät erbärmlich schnaufen.
Da lachte die Vergifterin noch:
Ha! sie pfeift auf dem letzten Loch,
Als hätte sie Lieb' im Leibe.

CHORUS

Als hätte sie Lieb' im Leibe.

SIEBEL

Wie sich die platten Bursche freuen!
Es ist mir eine rechte Kunst,
Den armen Ratten Gift zu streuen!

BRANDER

Sie stehn wohl sehr in deiner Gunst?

ALTMAYER

Der Schmerbauch mit der kahlen Platte!
Das Unglück macht ihn zahm und mild;
Er sieht in der geschwollnen Ratte
Sein ganz natürlich Ebenbild. [Aus: Faust I]

MASKENZUG RUSSISCHER NATIONEN
zum 16. Februar 1810

Festlied

Rasch herein und nicht gezaudert!
Nicht getrotzt und nicht geschaudert!
Nicht gekos't und nicht geplaudert!
Hier ist Ernst bei Scherz.
Tüchtig, fest, mit starkem Schritte,
Bringen wir zur Festes-Mitte
Fremde Kleider, fremde Sitte;
Wohlgekanntes Herz.

So entlegen wir auch stammen,
Kreisend ziehen wir zusammen,
Wie das Chor von Sternenflammen
Sich um Eine dreht.
In dem Glanze Deines Wohles
Freuen wir uns unsres Wohles,
Wie der Feuerglanz des Poles
Sternenlicht erhöht.

Hin und wieder und zur Seiten
Sehn wir fremd Gebilde schreiten,
Dir die Freude zu bereiten
Wie sie jeder schafft.
Wandelt fröhlich zwischen diesen,
Die des Festes mitgenießen,
Zwischen Zwergen, zwischen Riesen
Und des Nordens Kraft.

Lächle, daß es Dir gefalle,
So gefallen wir uns alle.
Nun ertönt mit Einem Schalle
Lauter Wünsche Chor!
Hier bedarf es keiner Sichtung,
Alle zieht vereinte Richtung.
Trage Wahrheit, trage Dichtung
Diesen Tag empor!

Gastlied

Zu erscheinen
Mit den Seinen
In dem lichten Kreise.
Alle Biedre
Hoh' und Niedre,
Das ist rechte Weise!
Kommt gegangen
Ehrenvoll empfangen!
Diesen Tagen
Ziemet froh Behagen.

Wie wir sollen
In dem vollen
Lampenhellen Saale!
Viele zeigen
Viele neigen
Sich mit einem Male.
Wenn es wären
Alle die Dich ehren,

Treu und munter;
Wär' es noch viel bunter.

Brautlied

ER »Kommt hervor aus euren Kemmenaten,
Brüder, ratet mir! ich möchte gerne frein.«
Fragst Du viel, so bist Du schlecht beraten;
Schau nur selbst herum und da und dort hinein.
Findest Du sie still zu Haus
Und tätig und verständig;
Richte nur den Hochzeitschmaus:
Der Tanz ist gleich lebendig.
SIE »Kommt herein, ihr lieben Nachbarinnen,
Schwestern, ratet mir! man wirbt um meine Hand.«
Fragst Du viel, Du wirst nicht viel gewinnen:
Um Dich selbst verschlingt sich ja das Band.
Ob er Dir gefallen kann?
Die Augen mußt Du fragen.
Ob's ein braver guter Mann?
Das muß das Herz Dir sagen.
BEIDE »Einig sind die Zwei, die sich gefunden!
Lebt nun wohl! In's Leben geht es fort.«
Fließen doch für Euch nun andre Stunden;
Euch gehört von nun an jeder Ort.
Hand in Hand, wie dieses Paar,
Wollen wir das Fest genießen;
Fröhlich jauchze die ganze Schar
Und stampfe mit den Füßen!

DAS TAGEBUCH
1810

– aliam tenui, sed iam quum gaudia adirem,
Admonuit dominae descruitque Venus.

I

Wir hören's oft und glauben's wohl am Ende
Das Menschenherz sei ewig unergründlich
Und wie man auch sich hin und wieder wende
So sei der Christe wie der Heide sündlich.
Das Beste bleibt, wir geben uns die Hände
Und nehmen's mit der Lehre nicht empfindlich:
Denn zeigt sich auch ein Dämon uns versuchend,
So waltet was, gerettet ist die Tugend.

II

Von meiner Trauten lange Zeit entfernet,
Wie's öfters geht, nach irdischem Gewinne
Und was ich auch gewonnen und gelernet,
So hatt ich doch nur immer Sie im Sinne,
Und wie zu Nacht der Himmel erst sich sternet
Erinn'rung uns umleuchtet ferner Minne:
So ward im Federzug des Tags Ereignis
Mit süßen Worten Ihr ein freundlich Gleichnis.

III

Ich eilte nun zurück. Zerbrochen sollte
Mein Wagen mich noch eine Nacht verspäten
Schon dacht' ich mich wie ich zu Hause rollte;
Allein da war Geduld und Werk von nöten

Und wie ich auch mit Schmied und Wagner tollte
Sie hämmerten verschmähten viel zu reden
Ein jedes Handwerk hat nun seine Schnurren.
Was blieb mir nun zu weilen und zu murren.

IV

So stand ich nun! Der Stern des nächsten Schildes
Berief mich hin, die Wohnung schien erträglich
Ein Mädchen kam, des seltensten Gebildes,
Das Licht erleuchtend. Mir ward gleich behäglich
Hausflur und Treppe sah' ich als ein Mildes,
Die Zimmerchen erfreuten mich unsäglich.
Den sündigen Menschen der im Freien schwebet
Die Schönheit spinnt, sie ist's die ihn umwebet.

V

Nun setzt' ich mich zu meiner Tasch' und Briefen
Und meines Tagebuchs Genauigkeiten,
Um so wie sonst, wenn alle Menschen schliefen,
Mir und der Trauten Freude zu bereiten;
Doch weiß ich nicht, die Tintenworte liefen
Nicht so wie sonst in alle Kleinigkeiten:
Das Mädchen kam, des Abendessens Bürde
Verteilte sie gewandt mit Gruß und Würde.

VI

Sie geht und kommt; ich spreche, sie erwiedert.
Mit jedem Wort erscheint sie mir geschmückter.
Und wie sie leicht mir nun das Huhn zergliedert
Bewegend Hand und Arm, geschickt, geschickter.
Was auch das tolle Zeug in uns befiedert,

Genug ich bin verworr'ner bin verrückter,
Den Stuhl umwerfend spring' ich auf und fasse
Das schöne Kind; sie lispelt: Lasse, lasse!

VII

Die Muhme drunten lauscht, ein alter Drache,
Sie zählt bedächtig des Geschäfts Minute;
Sie denkt sich unten, was ich oben mache,
Bei jedem Zögern schwenkt sie frisch die Rute
Doch schließe deine Türe nicht und wache
So kommt die Mitternacht uns wohl zu Gute.
Rasch meinem Arm entwindet sie die Glieder,
Und eilet fort und kommt nur dienend wieder;

VIII

Doch blickend auch! so daß aus jedem Blicke
Sich himmlisches Versprechen mir entfaltet.
Den stillen Seufzer drängt sie nicht zurücke,
Der ihren Busen herrlicher gestaltet.
Ich sehe, daß am Ohr, um Hals und G'nicke
Der flüchtigen Röte Liebesblüte waltet,
Und da sie nichts zu leisten weiter findet,
Geht sie und zögert, sieht sich um, verschwindet.

IX

Der Mitternacht gehören Haus und Straßen,
Mir ist ein weites Lager aufbereitet,
Wovon den kleinsten Teil mir anzumaßen
Die Liebe rät, die alles wohl bereitet.
Ich zaudre noch die Kerzen auszublasen
Nun hör' ich sie, wie leise sie auch gleitet,

Mit gierigem Blick die Hochgestalt umschweif' ich
Sie legt sich bei, die Wohlgestalt ergreif' ich.

X

Sie macht sich los: Vergönne daß ich rede
Damit ich dir nicht völlig fremd gehöre.
Der Schein ist wider mich, sonst war ich blöde
Stets gegen Männer setzt' ich mich zur Wehre
Mich nennt die Stadt, mich nennt die Gegend spröde;
Nun aber weiß ich, wie das Herz sich kehre:
Du bist mein Sieger, laß Dich's nicht verdrießen,
Ich sah, ich liebte, schwur dich zu genießen.

XI

Du hast mich rein, und wenn ich's besser wüßte
So gäb' ich's Dir; ich tue was ich sage.
So schließt sie mich an ihre süßen Brüste
Als ob ihr nur an meiner Brust behage.
Und wie ich Mund und Aug' und Stirne küßte
So war ich doch in wunderbarer Lage:
Denn der so hitzig sonst den Meister spielet
Weicht schülerhaft zurück und abgekühlet.

XII

Ihr scheint ein süßes Wort, ein Kuß zu g'nügen,
Als wär' es alles was ihr Herz begehrte
Wie keusch sie mir, mit liebevollem Fügen,
Des süßen Körpers Fülleform gewährte!
Entzückt und froh in allen ihren Zügen
Und ruhig dann, als wenn sie nichts entbehrte.
So ruht' ich auch, gefällig sie beschauend,
Noch auf den Meister hoffend und vertrauend.

XIII

Doch als ich länger mein Geschick bedachte,
Von tausend Flüchen mir die Seele kochte,
Mich selbst verwünschend, grinsend mich belachte
Nichts besser ward, wie ich auch zaudern mochte:
Da lag sie schlafend, schöner als sie wachte;
Die Lichter dämmerten mit langem Dochte.
Der Tages-Arbeit, jugendlicher Mühe
Gesellt sich gern der Schlaf und nie zu frühe.

XIV

So lag sie himmlisch an bequemer Stelle,
Als wenn das Lager ihr allein gehörte,
Und an die Wand gedrückt, gequetscht zur Hölle
Ohnmächtig Jener, dem sie nichts verwehrte.
Vom Schlangenbisse fällt zunächst der Quelle
Ein Wanderer so, den schon der Durst verzehrte
Sie atmet lieblich holdem Traum entgegen;
Er hält den Atem, sie nicht aufzuregen.

XV

Gefaßt bei dem was ihm noch nie begegnet,
Spricht er zu sich: so mußt du doch erfahren
Warum der Bräutigam sich kreuzt und segnet,
Vor Nestelknüpfen scheu sich zu bewahren.
Weit lieber da wo's Hellebarden regnet
Als hier im Schimpf! So war es nicht vor Jahren,
Als Deine Herrin Dir zum ersten Male
Vor's Auge trat im Prachterhellten Saale.

XVI

Da quoll dein Herz, da quollen deine Sinnen
So daß der ganze Mensch entzückt sich regte.
Zum raschen Tanze trugst du sie von hinnen,
Die kaum der Arm und schon der Busen hegte.
Als wolltest Du Dir selbst sie abgewinnen,
Vervielfacht war was sich für sie bewegte:
Verstand und Witz und alle Lebensgeister
Und rascher als die andern jener Meister.

XVII

So immerfort wuchs Neigung und Begierde
Brautleute wurden wir im frühen Jahre
Sie selbst des Maien schönste Blum' und Zierde
Wie wuchs die Kraft zur Lust im jungen Paare!
Und als ich endlich sie zur Kirche führte:
Gesteh' ich's nur, vor Priester und Altare,
Vor deinem Jammerkreuz blutrünstger Christe,
Verzeih mir's Gott! es regte sich der Iste.

XVIII

Und ihr, der Brautnacht reiche Bettgehänge,
Ihr Pfühle, die ihr euch so breit erstrecktet,
Ihr Teppiche, die Lieb' und Lustgedränge
Mit euren seidnen Fittigen bedecktet
Ihr Käfigvögel, deren Zwitzer Sänge
Zu neuer Lust und nie zu früh uns wecktet
Ihr kanntet uns von euerem Schutz umfriedet
Teilnehmend sie, mich immer unermüdet.

XIX

Und wie wir oft sodann im Raub genossen
Nach Buhlenart des Ehstands heilige Rechte
Von reifer Saat umwogt, vom Rohr umschlossen
An manchem Unort wo ich's mich erfrechte
Wir waren augenblicklich, unverdrossen
Und wiederholt bedient vom braven Knechte!
Verfluchter Knecht, wie unerwecklich liegst Du!
Und deinen Herrn um's schönste Glück betriegst du.

XX

Doch Meister Iste hat nun seine Grillen
Und läßt sich nicht befehlen noch verachten.
Auf einmal ist er da und ganz im Stillen
Erhebt er sich zu allen seinen Prachten.
So steht es nun dem Wandrer ganz zu Willen,
Nicht lechzend mehr am Quell zu übernachten.
Er neigt sich hin, er will die Schläferin küssen,
Allein er stockt, er fühlt sich weggerissen.

XXI

Wer hat zur Kraft ihn wieder aufgestählet?
Als jenes Bild, das ihm auf ewig teuer,
Mit dem er sich in Jugendlust vermählet
Dort leuchtet her ein frisch erquicklich Feuer
Und wie er erst in Ohnmacht sich gequälet;
So wird nun hier dem Starken nicht geheuer,
Er schaudert weg, vorsichtig, leise, leise
Entzieht er sich dem holden Zauberkreise,

XXII

Sitzt, schreibt: Ich nahte mich der heimischen Pforte
Entfernen wollten mich die letzten Stunden,
Da hab' ich nun am sonderbarsten Orte
Mein treues Herz aufs neue dir verbunden.
Zum Schlusse findest du geheime Worte:
Die Krankheit erst bewähret den Gesunden.
Dies Büchlein soll dir manches Gute zeigen,
Das Beste nur, muß ich zuletzt verschweigen.

XXIII

Da kräht der Hahn. Das Mädchen schnell entwindet
Der Decke sich und wirft sich rasch ins Mieder.
Und da sie sich so seltsam wiederfindet,
So stutzt sie, blickt und schlägt die Augen nieder,
Und da sie ihm zum letzten Mal verschwindet
Im Auge bleiben ihm die schönen Glieder;
Das Posthorn tönt, er wirft sich in den Wagen
Und läßt getrost sich zu der Liebsten tragen.

XXIV

Und weil zuletzt bei jeder Dichtungsweise
Moralien uns ernstlich fördern sollen;
So will auch ich in so beliebtem Gleise
Euch gern bekennen was die Verse wollen:
Wir stolpern wohl auf unsrer Lebensreise,
Und doch vermögen in der Welt, der tollen,
Zwei Hebel viel auf's irdische Getriebe:
Sehr viel die Pflicht, unendlich mehr die Liebe.

FARBENLEHRE: SINNLICH-SITTLICHE WIRKUNG DER FARBE

Gelb

765.

Es ist die nächste Farbe am Licht. Sie entsteht durch die gelindeste Mäßigung desselben, es sei durch trübe Mittel, oder durch schwache Zurückwerfung von weißen Flächen. Bei den prismatischen Versuchen erstreckt sie sich allein breit in den lichten Raum, und kann dort, wenn die beiden Pole noch abgesondert von einander stehen, ehe sie sich mit dem Blauen zum Grünen vermischt, in ihrer schönsten Reinheit gesehen werden. Wie das chemische Gelb sich an und über dem Weißen entwickelt, ist gehörigen Orts umständlich vorgetragen worden.

766.

Sie führt in ihrer höchsten Reinheit immer die Natur des Hellen mit sich, und besitzt eine heitere, muntere, sanft reizende Eigenschaft.

767.

In diesem Grade ist sie als Umgebung, es sei als Kleid, Vorhang, Tapete, angenehm. Das Gold in seinem ganz ungemischten Zustande gibt uns, besonders wenn der Glanz hinzukommt, einen neuen und hohen Begriff von dieser Farbe; so wie ein starkes Gelb, wenn es auf glänzender Seide, z. B. auf Atlas erscheint, eine prächtige und edle Wirkung tut.

768.

So ist es der Erfahrung gemäß, daß das Gelbe einen durchaus warmen und behaglichen Eindruck mache. Daher es auch in der Malerei der beleuchteten und wirksamen Seite zukommt.

769.

Diesen erwärmenden Effekt kann man am lebhaftesten bemerken, wenn man durch ein gelbes Glas, besonders in grauen Wintertagen, eine Landschaft ansieht. Das Auge wird erfreut, das Herz ausgedehnt, das Gemüt erheitert; eine unmittelbare Wärme scheint uns anzuwehen.

770.

Wenn nun diese Farbe, in ihrer Reinheit und hellem Zustande angenehm und erfreulich, in ihrer ganzen Kraft aber etwas Heiteres und Edles hat; so ist sie dagegen äußerst empfindlich und macht eine sehr unangenehme Wirkung, wenn sie beschmutzt, oder einigermaßen ins Minus gezogen wird. So hat die Farbe des Schwefels, die ins Grüne fällt, etwas Unangenehmes.

771.

Wenn die gelbe Farbe unreinen und unedlen Oberflächen mitgeteilt wird, wie dem gemeinen Tuch, dem Filz und dergleichen, worauf sie nicht mit ganzer Energie erscheint, entsteht eine solche unangenehme Wirkung. Durch eine geringe und unmerkliche Bewegung wird der schöne Eindruck des Feuers und Goldes in die Empfindung des Kotigen verwandelt, und die Farbe der Ehre und Wonne zur Farbe der Schande, des Abscheus und Mißbehagens umgekehrt. Daher mögen die gelben Hüte der Bankerottierer, die gelben Ringe auf den Mänteln der Juden entstanden sein; ja die sogenannte Hahnreifarbe ist eigentlich nur ein schmutziges Gelb.

Rotgelb

772.

Da sich keine Farbe als stillstehend betrachten läßt, so kann man das Gelbe sehr leicht durch Verdichtung und Verdunklung ins Rötliche steigern und erheben. Die Farbe wächst an Energie und erscheint im Rotgelben mächtiger und herrlicher.

773.

Alles was wir vom Gelben gesagt haben, gilt auch hier, nur im höhern Grade. Das Rotgelbe gibt eigentlich dem Auge das Gefühl von Wärme und Wonne, indem es die Farbe der höhern Glut, so wie den mildern Abglanz der untergehenden Sonne repräsentiert. Deswegen ist sie auch bei Umgebungen angenehm, und als Kleidung in mehr- oder minderm Grade erfreulich oder herrlich. Ein kleiner Blick ins Rote gibt dem Gelben gleich ein ander Ansehn; und wenn Engländer und Deutsche sich noch an blaßgelben hellen Lederfarben genügen lassen, so liebt der Franzose, wie Pater Castel schon bemerkt, das ins Rot gesteigerte Gelb; wie ihn überhaupt an Farben alles freut, was sich auf der aktiven Seite befindet.

774.

Wie das reine Gelb sehr leicht in das Rotgelbe hinübergeht, so ist die Steigerung dieses letzten ins Gelbrote nicht aufzuhalten. Das angenehme heitre Gefühl, das uns das Rotgelbe noch gewährt, steigert sich bis zum unerträglich Gewaltsamen im hohen Gelbroten.

775.

Die aktive Seite ist hier in ihrer höchsten Energie, und es ist kein Wunder, daß energische, gesunde, rohe Menschen sich besonders an dieser Farbe erfreuen. Man hat die Neigung zu derselben bei wilden Völkern durchaus bemerkt. Und wenn Kinder, sich selbst überlassen, zu illuminieren anfangen, so werden sie Zinnober und Mennig nicht schonen.

776.

Man darf eine vollkommen gelbrote Fläche starr ansehen, so scheint sich die Farbe wirklich ins Organ zu bohren. Sie bringt eine unglaubliche Erschütterung hervor und behält diese Wirkung bei einem ziemlichen Grade von Dunkelheit.

Die Erscheinung eines gelbroten Tuches beunruhigt und erzürnt die Tiere. Auch habe ich gebildete Menschen gekannt, denen es unerträglich fiel, wenn ihnen an einem sonst grauen Tage jemand im Scharlachrock begegnete.

777.

Die Farben von der Minusseite sind Blau, Rotblau und Blaurot. Sie stimmen zu einer unruhigen, weichen und sehnenden Empfindung.

Blau

778.

So wie Gelb immer ein Licht mit sich führt, so kann man sagen, daß Blau immer etwas Dunkles mit sich führe.

779.

Diese Farbe macht für das Auge eine sonderbare und fast unaussprechliche Wirkung. Sie ist als Farbe eine Energie; allein sie steht auf der negativen Seite und ist in ihrer höchsten Reinheit gleichsam ein reizendes Nichts. Es ist etwas Widersprechendes von Reiz und Ruhe im Anblick.

780.

Wie wir den hohen Himmel, die fernen Berge blau sehen, so scheint eine blaue Fläche auch vor uns zurückzuweichen.

781.

Wie wir einen angenehmen Gegenstand, der vor uns flieht, gern verfolgen, so sehen wir das Blaue gern an, nicht weil es auf uns dringt, sondern weil es uns nach sich zieht.

782.

Das Blaue gibt uns ein Gefühl von Kälte, so wie es uns auch an Schatten erinnert. Wie es vom Schwarzen abgeleitet sei, ist uns bekannt.

783.

Zimmer, die rein blau austapeziert sind, erscheinen gewissermaßen weit, aber eigentlich leer und kalt.

784.

Blaues Glas zeigt die Gegenstände im traurigen Licht.

785.

Es ist nicht unangenehm, wenn das Blau einigermaßen vom Plus partizipiert. Das Meergrün ist vielmehr eine liebliche Farbe.

Rotblau

786.

Wie wir das Gelbe sehr bald in einer Steigerung gefunden haben, so bemerken wir auch bei dem Blauen dieselbe Eigenschaft.

787.

Das Blaue steigert sich sehr sanft ins Rote und erhält dadurch etwas Wirksames, ob es sich gleich auf der passiven Seite befindet. Sein Reiz ist aber von ganz andrer Art, als der des Rotgelben. Er belebt nicht sowohl, als daß er unruhig macht.

788.

So wie die Steigerung selbst unaufhaltsam ist, so wünscht man auch mit dieser Farbe immer fortzugehen, nicht aber, wie beim Rotgelben, immer tätig vorwärts zu schreiten, sondern einen Punkt zu finden, wo man ausruhen könnte.

789.

Sehr verdünnt kennen wir die Farbe unter dem Namen Lila; aber auch so hat sie etwas Lebhaftes ohne Fröhlichkeit.

ERGO BIBAMUS!

Hier sind wir versammlet zu löblichem Tun,
  Drum, Brüderchen! Ergo bibamus.
Die Gläser sie klingen, Gespräche sie ruhn,
  Beherziget Ergo bibamus.
Das heißt noch ein altes, ein tüchtiges Wort:
Es passet zum Ersten und passet so fort,
Und schallet ein Echo vom festlichen Ort,
  Ein herrliches Ergo bibamus.

Ich hatte mein freundliches Liebchen gesehn,
  Da dacht' ich mir: Ergo bibamus.
Und nahte mich traulich; da ließ sie mich stehn.
  Ich half mir und dachte: Bibamus.
Und wenn sie versöhnet euch herzet und küßt,
Und wenn ihr das Herzen und Küssen vermißt;
So bleibet nur, bis ihr was Besseres wißt,
  Beim tröstlichen Ergo bibamus.

Mich ruft mein Geschick von den Freunden hinweg;
  Ihr Redlichen! Ergo bibamus.
Ich scheide von hinnen mit leichtem Gepäck;
  Drum doppeltes Ergo bibamus.
Und was auch der Filz von dem Leibe sich schmorgt,
So bleibt für den Heitern doch immer gesorgt;
Weil immer dem Frohen der Fröhliche borgt;
  Drum, Brüderchen! Ergo bibamus.

Was sollen wir sagen zum heutigen Tag!
  Ich dächte nur: Ergo bibamus.

Er ist nun einmal von besonderem Schlag;
Drum immer aufs neue: Bibamus.
Er führet die Freude durchs offene Tor,
Es glänzen die Wolken, es teilt sich der Flor,
Da scheint uns ein Bildchen, ein göttliches, vor;
Wir klingen und singen: Bibamus.

DIE LUSTIGEN VON WEIMAR

Donnerstag nach Belvedere,
Freitag geht's nach Jena fort:
Denn das ist, bei meiner Ehre,
Doch ein allerliebster Ort!
Samstag ist's worauf wir zielen.
Sonntag rutscht man auf das Land;
Zwäzen, Burgau, Schneidemühlen
Sind uns alle wohlbekannt.

Montag reizet uns die Bühne;
Dienstag schleicht dann auch herbei,
Doch er bringt zu stiller Sühne
Ein Rapuschchen frank und frei.
Mittwoch fehlt es nicht an Rührung:
Denn es gibt ein gutes Stück;
Donnerstag lenkt die Verführung
Uns nach Belveder zurück.

Und es schlingt ununterbrochen
Immer sich der Freudenkreis
Durch die zwei und funfzig Wochen,
Wenn man's recht zu führen weiß.

Spiel und Tanz, Gespräch, Theater,
Sie erfrischen unser Blut;
Laßt den Wienern ihren Prater;
Weimar, Jena, da ist's gut!

GEFUNDEN

Ich ging im Walde
So für mich hin,
Und nichts zu suchen
Das war mein Sinn.

Im Schatten sah' ich
Ein Blümchen stehn,
Wie Sterne leuchtend,
Wie Äuglein schön.

Ich wollt' es brechen;
Da sagt' es fein:
Soll ich zum Welken
Gebrochen sein?

Ich grub's mit allen
Den Würzlein aus,
Zum Garten trug ich's
Am hübschen Haus.

Und pflanzt es wieder
Am stillen Ort;
Nun zweigt es immer
Und blüht so fort.

SPRICHWÖRTLICH

Lebst im Volke; sei gewohnt
Keiner je des Andern schont.

Wenn ich den Scherz will ernsthaft nehmen,
So soll mich Niemand darum beschämen;
Und wenn ich den Ernst will scherzhaft treiben,
So werd' ich immer derselbe bleiben.

Die Lust zu reden kommt zu rechter Stunde,
Und wahrhaft fließt das Wort aus Herz und Munde.

Ich sah mich um, an vielen Orten,
Nach lustigen, gescheiten Worten;
An bösen Tagen mußt ich mich freuen,
Daß diese die besten Worte verleihen.

Im neuen Jahre Glück und Heil!
Auf Weh' und Wunden gute Salbe!
Auf groben Klotz, ein grober Keil!
Auf einen Schelmen, anderthalbe.

Willst lustig leben,
Geh mit zwei Säcken,
Einen zum Geben,
Einen um einzustecken.
Da gleichst du Prinzen
Plünderst und beglückst Provinzen.

Was in der Zeiten Bildersaal
Jemals ist trefflich gewesen,
Das wird immer einer einmal
Wieder auffrischen, und lesen.

Nicht Jeder wandelt nur gemeine Stege:
Du siehst, die Spinnen bauen luft'ge Wege.

Ein Kranz ist gar viel leichter binden,
Als ihm ein würdig Haupt zu finden.

Wie die Pflanzen zu wachsen belieben,
Darin wird jeder Gärtner sich üben;
Wo aber des Menschen Wachstum ruht,
Dazu jeder selbst das Beste tut.

Willst du dir aber das Beste tun,
So bleib nicht auf dir selber ruhn.
Sondern folg' eines Meisters Sinn;
Mit ihm zu irren ist dir Gewinn.

Benutze redlich deine Zeit!
Willst was begreifen, suchs nicht weit.

Zwischen heut und morgen
Liegt eine lange Frist.
Lerne schnell besorgen,
Da du noch munter bist.

Die Dinte macht uns wohl gelehrt,
Doch ärgert sie, wo sie nicht hingehört.
Geschrieben Wort ist Perlen gleich;
Ein Dintenklecks ein böser Streich.

Wenn man für's Künftige was erbaut,
Schief wird's von vielen angeschaut.
Tust du was für den Augenblick,
Vor allem opfre du dem Glück.

Ist es möglich, Stern der Sterne,
Drück' ich wieder dich an's Herz!
Ach! was ist die Nacht der Ferne
Für ein Abgrund, für ein Schmerz!
Ja du bist es! meiner Freuden
Süßer lieber Widerpart;
Eingedenk vergangner Leiden
Schaudr' ich vor der Gegenwart.

Als die Welt im tiefsten Grunde
Lag an Gottes ew'ger Brust,
Ordnet' er die erste Stunde
Mit erhabner Schöpfungslust,
Und er sprach das Wort: Es werde!
Da erklang ein schmerzlich Ach!
Als das All, mit Machtgebärde,
In die Wirklichkeiten brach.

Auf tat sich das Licht! sich trennte
Scheu die Finsternis von ihm,
Und sogleich die Elemente
Scheidend auseinander fliehn.
Rasch in wilden wüsten Träumen
Jedes nach der Weite rang,
Starr, in ungemess'nen Räumen,
Ohne Sehnsucht, ohne Klang.

Stumm war alles, still und öde,
Einsam Gott zum erstenmal!

Da erschuf er Morgenröte,
Die erbarmte sich der Qual;
Sie entwickelte dem Trüben
Ein erklingend Farbenspiel
Und nun konnte wieder lieben
Was erst auseinander fiel.

Und mit eiligem Bestreben
Sucht sich was sich angehört,
Und zu ungemess'nem Leben
Ist Gefühl und Blick gekehrt:
Sei's Ergreifen, sei es Raffen,
Wenn es nur sich faßt und hält!
Allah braucht nicht mehr zu schaffen,
Wir erschaffen seine Welt.

So mit morgenroten Flügeln
Riß es mich an deinen Mund,
Und die Nacht mit tausend Siegeln
Kräftigt sternenhell den Bund.
Beide sind wir auf der Erde
Musterhaft in Freud' und Qual,
Und ein zweites Wort: Es werde!
Trennt uns nicht zum zweitenmal.

Ja, in der Schenke hab' ich auch gesessen,
Mir ward wie andern zugemessen,
Sie schwatzten, schrieen, händelten von heut,
So froh und traurig wie's der Tag gebeut;
Ich aber saß, im Innersten erfreut,
An meine Liebste dacht' ich – wie sie liebt?
Das weiß ich nicht; was aber mich bedrängt!
Ich liebe sie wie es ein Busen giebt
Der treu sich Einer gab und knechtisch hängt.
Wo war das Pergament, der Griffel wo?
Die alles faßten! – doch so wars! ja so!

Sitz' ich allein,
Wo kann ich besser seyn?
Meinen Wein
Trink' ich allein,
Niemand setzt mir Schranken,
Ich hab' so meine eigne Gedanken.

So weit bracht' es Muley, der Dieb,
Daß er trunken schöne Lettern schrieb.

Ob der Koran von Ewigkeit sey?
Darnach frag' ich nicht!
Ob der Koran geschaffen sey?
Das weiß ich nicht!
Daß er das Buch der Bücher sey

Glaub' ich aus Mosleminen-Pflicht.
Daß aber der Wein von Ewigkeit sey
Daran zweifl' ich nicht.

Oder daß er vor den Engeln geschaffen sey
Ist vielleicht auch kein Gedicht.
Der Trinkende, wie es auch immer sey,
Blickt Gott frischer ins Angesicht.

Trunken müssen wir alle seyn!
Jugend ist Trunkenheit ohne Wein;
Trinkt sich das Alter wieder zu Jugend,
So ist es wundervolle Tugend.
Für Sorgen sorgt das liebe Leben
Und Sorgenbrecher sind die Reben.

Da wird nicht mehr nachgefragt!
Wein ist ernstlich untersagt.
Soll denn doch getrunken seyn,
Trinke nur vom besten Wein:
Doppelt wärest du ein Ketzer
In Verdammniß um den Krätzer.

So lang' man nüchtern ist
Gefällt das Schlechte,
Wie man getrunken hat
Weiß man das Rechte,
Nur ist das Uebermaaß

Auch gleich zu handen;
Hafis! o lehre mich
Wie du's verstanden.

Denn meine Meinung ist
Nicht übertrieben:
Wenn man nicht trinken kann
Soll man nicht lieben;
Doch sollt ihr Trinker euch
Nicht besser dünken,
Wenn man nicht lieben kann
Soll man nicht trinken.

[Aus: West-östlicher Divan]

Anmutig sollten sie jedoch auf solchen Liebeswegen immer weiter und weiter verlockt werden. Der Himmel klärte sich auf, eine gewaltige Kälte, der Jahreszeit gemäß, trat ein, die Wasser gefroren ehe sie verlaufen konnten. Da veränderte sich das Schauspiel der Welt vor allen Augen auf einmal; was durch Fluten erst getrennt war hing nunmehr durch befestigten Boden zusammen, und alsobald tat sich als erwünschte Vermittlerin die schöne Kunst hervor welche die ersten raschen Wintertage zu verherrlichen und neues Leben in das Erstarrte zu bringen im hohen Norden erfunden worden. Die Rüstkammer öffnete sich, jedermann suchte nach seinen gezeichneten Stahlschuhen, begierig die reine glatte Fläche, selbst mit einiger Gefahr, als der Erste zu beschreiten. Unter den Hausgenossen fanden sich viele zu höchster Leichtigkeit Geübte; denn dieses Vergnügen ward ihnen fast jedes Jahr auf benachbarten Seen und verbindenden Kanälen, diesmal aber in der fernhin erweiterten Fläche.

Flavio fühlte sich nun erst durch und durch gesund und Hilarie, seit ihren frühsten Jahren von dem Oheim eingeleitet, bewies sich so lieblich als kräftig auf dem neu erschaffenen Boden; man bewegte sich lustig und lustiger bald zusammen, bald einzeln, bald getrennt, bald vereint. Scheiden und meiden, was sonst so schwer auf's Herz fällt, ward hier zum kleinen scherzhaften Frevel, man floh sich um sich einander augenblicks wieder zu finden.

Aber innerhalb dieser Lust und Freudigkeit bewegte sich auch eine Welt des Bedürfnisses; immer waren bisher noch einige Ortschaften nur halb versorgt geblieben, eilig flogen nunmehr auf tüchtig bespannten Schlitten die nötigsten Waren hin und wider, und was der Gegend noch mehr zu Gute kam, war daß man aus manchen der vorübergehenden Hauptstraße allzufernen Orten nunmehr schnell die Erzeugnisse des Feldbaues und der Landwirtschaft in die nächsten Magazine der kleinen Städte und Flecken bringen und von dorther aller Art Waren zurückführen konnte. Nun war auf einmal eine bedrängte, den bittersten Mangel empfindende Gegend wieder befreit, wieder versorgt, durch eine glatte dem Geschickten, dem Kühnen geöffnete Fläche verbunden.

Auch das junge Paar unterließ nicht bei vorwaltendem Vergnügen mancher Pflichten einer liebevollen Anhänglichkeit zu gedenken. Man besuchte jene Wöchnerin, begabte sie mit allem Notwendigen; auch andere wurden heimgesucht: Alte, für deren Gesundheit man besorgt gewesen; Geistliche, mit denen man erbauliche Unterhaltung sittlich zu pflegen gewohnt war und sie jetzt in dieser Prüfung noch achtenswerter fand; kleinere Gutsbesitzer, die kühn genug vor Zeiten sich in gefährliche Niederungen angebaut, diesmal aber durch wohlangelegte Dämme geschützt unbeschädigt geblieben – und nach grenzenloser Angst sich ihres Daseins doppelt erfreuten. Jeder Hof, jedes Haus, jede Familie, jeder Einzelne hatte seine Geschichte, er war sich und auch wohl andern eine bedeutende Person geworden, deswegen fiel auch einer dem andern Erzählenden leicht in die Rede. Eilig war jeder im Sprechen und Handeln, Kommen und Gehen, denn es blieb immer die Gefahr, ein plötzliches Tauwetter möchte den ganzen schönen Kreis glücklichen Wechselwirkens zerstören, die Wirte bedrohen und die Gäste vom Hause abschneiden.

War man den Tag in so rascher Bewegung und dem lebhaftesten Interesse beschäftigt, so verlieh der Abend auf ganz andere Weise die angenehmsten Stunden, denn das hat die Eislust vor allen andern körperlichen Bewegungen voraus, daß die Anstrengung nicht erhitzt und die Dauer nicht ermüdet. Sämtliche Glieder scheinen gelenker zu werden und jedes Verwenden der Kraft neue Kräfte zu erzeugen, so daß zuletzt eine selig bewegte Ruhe über uns kommt, in der wir uns zu wiegen immerfort gelockt sind.

Heute nun konnte sich unser junges Paar von dem glatten Boden nicht loslösen, jeder Lauf gegen das erleuchtete Schloß, wo sich schon viele Gesellschaft versammelte, ward plötzlich umgewendet und eine Rückkehr in's Weite beliebt, man mochte sich nicht von einander entfernen aus Furcht sich zu verlieren, man faßte sich bei der Hand um der Gegenwart ganz gewiß zu sein. Am allersüßesten aber schien die Bewegung, wenn über den Schultern die Arme verschränkt ruhten und die zierlichen Finger unbewußt in beiderseitigen Locken spielten.

Der volle Mond stieg zu dem glühenden Sternenhimmel herauf und vollendete das Magische der Umgebung. Sie sahen sich wieder deutlich und suchten wechselseitig in den beschatteten Augen Erwiderung wie sonst, aber es schien anders zu sein. Aus ihren Abgründen schien ein Licht hervorzublicken und anzudeuten was der Mund weislich verschwieg, sie fühlten sich beide in einem festlich behäglichen Zustande.

Alle hochstämmigen Weiden und Erlen an den Gräben, alles niedrige Gebüsch auf Höhen und Hügeln war deutlich geworden; die Sterne flammten, die Kälte war gewachsen, sie fühlten nichts davon und fuhren dem lang daher glitzernden Widerschein des Mondes, unmittelbar dem himmlischen Gestirn selbst entgegen. Da blickten sie auf und sahen im Geflimmer des Widerscheins die Gestalt eines Mannes hin und herschweben, der seinen Schatten zu verfolgen schien und selbst dunkel vom Lichtglanz umgeben auf sie zuschritt; unwillkürlich wendeten sie sich ab, jemanden zu begegnen wäre widerwärtig gewesen. Sie vermieden die immerfort sich herbewegende Gestalt, die Gestalt schien sie nicht bemerkt zu haben und verfolgte ihren geraden Weg nach dem Schlosse. Doch verließ sie auf einmal diese Richtung und umkreis'te mehrmals das fast beängstigte Paar. Mit einiger Besonnenheit suchten sie für sich die Schattenseite zu gewinnen, im vollen Mondglanz fuhr jener auf sie zu, er stand nah vor ihnen, es war unmöglich den Vater zu verkennen.

Hilarie, den Schritt anhaltend, verlor in Überraschung das Gleichgewicht und stürzte zu Boden, Flavio lag zu gleicher Zeit auf einem Knie, und faßte ihr Haupt in seinen Schoß auf, sie verbarg ihr Angesicht, sie wußte nicht wie ihr geworden war. – »Ich hole einen Schlitten, dort unten fährt noch einer vorüber, ich hoffe sie hat sich nicht beschädigt, hier, bei diesen hohen drei Erlen find' ich euch wieder!« so sprach der Vater und war schon weit hinweg. Hilarie raffte sich an dem Jüngling empor. – »Laß uns fliehen,« rief sie, »das ertrag' ich nicht.« – Sie bewegte sich nach der Gegenseite des Schlosses heftig, daß Flavio sie nur mit einiger Anstrengung erreichte, er gab ihr die freundlichsten Worte.

Auszumalen ist nicht die innere Gestalt der drei, nunmehr nächtlich auf der glatten Fläche im Mondschein Verirrten, Verwirrten. Genug sie gelangten spät nach dem Schlosse, das junge Paar einzeln, sich nicht zu berühren, sich nicht zu nähern wagend, der Vater mit dem leeren Schlitten, den er vergebens in's Weite und Breite hülfreich herumgeführt hatte. Musik und Tanz waren schon im Gange, Hilarie, unter dem Vorwand schmerzlicher Folgen eines schlimmen Falles, verbarg sich in ihr Zimmer, Flavio überließ Vortanz und Anordnung sehr gern einigen jungen Gesellen, die sich deren bei seinem Außenbleiben schon bemächtigt hatten. Der Major kam nicht zum Vorschein und fand es wunderlich, obgleich nicht unerwartet, sein Zimmer wie bewohnt anzutreffen; die eigenen Kleider, Wäsche und Gerätschaften, nur nicht so ordentlich wie er's gewohnt war, umher liegend. Die Hausfrau versah mit anständigem Zwang ihre Pflichten und wie froh war sie, als alle Gäste, schicklich untergebracht, ihr endlich Raum ließen mit dem Bruder sich zu erklären. Es war bald getan, doch brauchte es Zeit sich von der Überraschung zu erholen, das Unerwartete zu begreifen, die Zweifel zu heben, die Sorge zu beschwichtigen; an Lösung des Knotens, an Befreiung des Geistes war nicht sogleich zu denken.

[Aus: Wilhelm Meisters Wanderjahre]

DORNBURG
September 1828

Früh wenn Tal, Gebirg und Garten
Nebelschleiern sich enthüllen,
Und dem sehnlichsten Erwarten
Blumenkelche bunt sich füllen;

Wenn der Äther, Wolken tragend,
Mit dem klaren Tage streitet,
Und ein Ostwind, sie verjagend,
Blaue Sonnenbahn bereitet;

Dankst du dann, am Blick dich weidend,
Reiner Brust der Großen, Holden,
Wird die Sonne, rötlich scheidend,
Rings den Horizont vergolden.

FAUST

Des Lebens Pulse schlagen frisch lebendig,
Ätherische Dämmerung milde zu begrüßen;
Du Erde warst auch diese Nacht beständig
Und atmest neu erquickt zu meinen Füßen,
Beginnest schon mit Lust mich zu umgeben,
Du regst und rührst ein kräftiges Beschließen,
Zum höchsten Dasein immerfort zu streben. –
In Dämmerschein liegt schon die Welt erschlossen,
Der Wald ertönt von tausendstimmigem Leben
Tal aus, Tal ein ist Nebelstreif ergossen,
Doch senkt sich Himmelsklarheit in die Tiefen,
Und Zweig und Äste, frisch erquickt, entsprossen
Dem duft'gen Abgrund wo versenkt sie schliefen;
Auch Farb' an Farbe klärt sich los vom Grunde,
Wo Blum' und Blatt von Zitterperle triefen,
Ein Paradies wird um mich her die Runde.

Hinaufgeschaut! – Der Berge Gipfelriesen
Verkünden schon die feierlichste Stunde,
Sie dürfen früh des ewigen Lichts genießen
Das später sich zu uns hernieder wendet.
Jetzt zu der Alpe grüngesenkten Wiesen
Wird neuer Glanz und Deutlichkeit gespendet,
Und stufenweis herab ist es gelungen; –
Sie tritt hervor! – und, leider schon geblendet,
Kehr' ich mich weg, vom Augenschmerz durchdrungen.

So ist es also, wenn ein sehnend Hoffen
Dem höchsten Wunsch sich traulich zugerungen,

Erfüllungspforten findet flügeloffen,
Nun aber bricht aus jenen ewigen Gründen
Ein Flammen-Übermaß, wir stehn betroffen;
Des Lebens Fackel wollten wir entzünden,
Ein Feuermeer umschlingt uns, welch ein Feuer!
Ist's Lieb? Ist's Haß? die glühend uns umwinden?
Mit Schmerz und Freuden wechselnd ungeheuer.
So daß wir wieder nach der Erde blicken,
Zu bergen uns in jugendlichstem Schleier.
So bleibe denn die Sonne mir im Rücken!
Der Wassersturz, das Felsenriff durchbrausend,
Ihn schau' ich an mit wachsendem Entzücken.
Von Sturz zu Sturzen wälzt er jetzt in tausend
Dann abertausend Strömen sich ergießend,
Hoch in die Lüfte Schaum an Schäume sausend.
Allein wie herrlich diesem Sturm entsprießend
Wölbt sich des bunten Bogens Wechsel-Dauer
Bald rein gezeichnet, bald in Luft zerfließend,
Umher verbreitend duftig kühle Schauer.
Der spiegelt ab das menschliche Bestreben.
Ihm sinne nach und du begreifst genauer:
Am farbigen Abglanz haben wir das Leben.

[Aus: Faust II]

LYNCEUS, der Türmer *auf der Schloßwarte, singend*

Zum Sehen geboren,
Zum Schauen bestellt,
Dem Turme geschworen
Gefällt mir die Welt.
Ich blick in die Ferne,
Ich seh in der Näh,
Den Mond und die Sterne,
Den Wald und das Reh.
So seh ich in allen
Die ewige Zier
Und wie mir's gefallen
Gefall ich auch mir.
Ihr glücklichen Augen,
Was je ihr gesehn,
Es sei wie es wolle,
Es war doch so schön!

[Aus: Faust II]

QUELLENNACHWEIS

Die Quellenangaben beziehen sich auf folgende Ausgabe: Goethe, Johann Wolfgang: Sämtliche Werke, Briefe, Tagebücher und Gespräche, 40 Bände, hg. von Friedmar Apel [u. a.], Frankfurt am Main: Deutscher Klassiker Verlag 1985 ff.

Lebensgenuß: I. Abtl., Bd. 2, S. 537 f.
Die Nacht: I. Abtl., Bd. 1, S. 84 f.
Unbeständigkeit: I. Abtl., Bd. 1, S. 90 f.
Maifest: I. Abtl., Bd. 1, S. 129 f.
Mahomets Gesang: I. Abtl., Bd. 1, S. 193-195
Werther: Brief vom 10. Mai 1771: I. Abtl., Bd. 8., S. 15
Reisetagebuch: II. Abtl., Bd. 1 (28), S. 456 f.
Brief an Charlotte von Stein (27. 1. 1776): II. Abtl., Bd. 2 (29), S. 20
Warum gabst du uns die Tiefen Blicke: I. Abtl., Bd. 1, S. 229-231
An Christel: I. Abtl., Bd. 1, S. 221 f.
Brief an Charlotte von Stein (10./11. 12. 1777): II. Abtl., Bd. 2 (29), S. 119 f.
Gesang der Geister über den Wassern: I. Abtl., Bd. 1, S. 318 f.
Mignon: I. Abtl., Bd. 2, S. 103
Planetentanz zum 30. Januar 1784: I. Abtl., Bd. 5, S. 453-457
Italienische Reise: 1. 11. 1786: I. Abtl., Bd. 15/I, S. 134 f.
Römische Elegien: Ursprünglich II: I. Abtl., Bd. 1, S. 392, 394 *Fünfte Elegie:* I. Abtl., Bd. 1, 405, 407
Brief an Christiane Vulpius (10. 9. 1792): II. Abtl., Bd. 3, S. 630 f.
Der Musensohn: I. Abtl., Bd. 1, S. 644 f.
Zum neuen Jahr: I. Abtl., Bd. 2, S. 70 f.
Frühzeitiger Frühling: I. Abtl., Bd. 2, S. 54 f.
Frühlingsorakel: I. Abtl., Bd. 2, S. 73 f.
Tischlied: I. Abtl., Bd. 2, S. 79-81
Faust I: Auerbachs Keller in Leipzig: I. Abtl., Bd. 7/I, S. 89-92
Maskenzug Russischer Nationen zum 16. Februar 1810: I. Abtl., Bd. 6, S. 821-823
Gastlied: I. Abtl., Bd. 6, S. 822

Brautlied: I. Abtl., Bd. 6, S. 823
Das Tagebuch 1810: I. Abtl., Bd. 2, S. 843-849
Farbenlehre: Sinnlich-sittliche Wirkung der Farbe (Auszug): I. Abtl., Bd. 23/I, S. 249-253
Ergo Bibamus!: I. Abtl., Bd. 2, S. 95 f.
Die Lustigen von Weimar: I. Abtl., Bd. 2, S. 99 f.
Gefunden: I. Abtl., Bd. 2, S. 20
Sprichwörtlich (Auszug): I. Abtl., Bd. 2, S. 384 f.
Wiederfinden: I. Abtl., Bd. 2, S. 490 f.
Das Schenkenbuch, aus: *West-östlicher Divan* (Auszug): I. Abtl., Bd. 3/I, S. 104-106
Wilhelm Meisters Wanderjahre (Auszug): I. Abtl., Bd. 10, S. 480-484
Dornburg, September 1828: I. Abtl., Bd. 2, S. 700 f.
Faust II: *Des Lebens Pulse schlagen frisch lebendig:* I. Abtl., Bd. 7/I, S. 205 f. *Lynceus, der Türmer:* I. Abtl., Bd. 7/I, S. 436

INHALT

Lebensgenuß 9
Die Nacht 10
Unbeständigkeit 11
Maifest 12
Mahomets Gesang 14
Werthers Brief vom 10. Mai 1771 17
Reisetagebuch 18
Goethe an Charlotte von Stein (27. 1. 1776) 20
Warum gabst du uns die Tiefen Blicke 21
An Christel 23
Goethe an Charlotte von Stein (10./11. 12. 1777) . . 25
Gesang der Geister über den Wassern 27
Mignon 29
Planetentanz zum 30. Januar 1784 30
Rom, den 1. November 1786 35
⟨Ursprünglich II⟩ 37
Fünfte Elegie 38
Goethe an Christiane Vulpius (10. 9. 1792) 40
Der Musensohn 41
Zum neuen Jahr 43
Frühzeitiger Frühling 45
Frühlingsorakel 46
Tischlied 48
Auerbachs Keller in Leipzig. Zeche lustiger Gesellen 51
Maskenzug Russischer Nationen zum
16. Februar 1810 55
Gastlied 56
Brautlied 57

Das Tagebuch 1810 58
Farbenlehre: Sinnlich-sittliche Wirkung der Farbe . . 66
Ergo Bibamus! 73
Die Lustigen von Weimar 74
Gefunden 75
Sprichwörtlich 76
Wiederfinden 79
Das Schenkenbuch 81
Wilhelm Meisters Wanderjahre 84
Dornburg, September 1828 89
Faust: Des Lebens Pulse schlagen frisch lebendig . . 90
Lynceus, der Türmer: Zum Sehen geboren 92

Quellennachweis 94

»Das Leben lieben«

Anthologien
im insel taschenbuch

Glück. Erkundigungen, eingeholt von Gottfried Honnefelder. it 1459. 377 Seiten

Träume sind wahr. Gedanken zur Nacht. Ausgewählt von Rainer Weiss. it 2737. 176 Seiten

Die Gunst des Augenblicks. Von der Kunst, in der Gegenwart zu leben. Herausgegeben von Hans-Joachim Simm. it 3005. 158 Seiten

Die Kunst, glücklich zu sein. Asiatische Lebensweisheiten. Herausgegeben und ausgewählt von Ursula Gräfe. it 3124. 117 Seiten

Das Leben lieben. Ausgewählt von Rainer Weiss. it 2634. 176 Seiten

Lob der Faulheit. Geschichten und Gedichte. Ausgewählt von Joachim Schultz und Gerhard Köpf. it 3072. 220 Seiten

Orte der Seele. Gedanken über das Jenseits. Herausgegeben von Hans-Joachim Simm. it 2238. 327 Seiten

Von der Versöhnung. Texte zum Nachdenken. Ausgewählt von Hans-Joachim Simm. it 2779. 160 Seiten

Von der Würde des Menschen. Ausgewählt von Hans-Joachim Simm. it 2545. 151 Seiten

Was also ist die Zeit? Erfahrungen der Zeit, gesammelt von Gottfried Honnefelder. it 1774. 284 Seiten

NF 18/1/1.10

NF 17/1/1.09

Ostern in Rom. Herausgegeben von Stefan Janson. it 2596. 234 Seiten

Die Rose. Herausgegeben von Beatrix Müller-Kampel. Mit farbigen Fotografien. it 2619. 179 Seiten

Schwimmen. Texte und Bilder. Herausgegeben von Gisela Linder. it 2523. 140 Seiten

Das Sommerbuch. Gedichte und Prosa. Herausgegeben von Hans Bender. it 847. 230 Seiten

Tödliches Eis. Kriminalgeschichten aus Skandinavien. Ausgewählt von Carolin Bunk und Hans Sarkowicz. it 3383. 182 Seiten

Warum in die Ferne? Das Lesebuch für Daheimgebliebene. Ausgewählt von Hans Christian Kosler. it 2832. 200 Seiten

Das Winterbuch. Gedichte und Prosa. Herausgegeben von Hans Bender und Hans Georg Schwank. it 728. 252 Seiten

Hermann Hesse

Bäume. Betrachtungen und Gedichte. Zusammengestellt von Volker Michels. Mit Fotografien von Pieter Jos van Limbergen. it 455. 141 Seiten

Freude am Garten. Betrachtungen, Gedichte und Fotografien. Mit farbigen Aquarellen des Dichters. Herausgegeben und mit einem Nachwort versehen von Volker Michels. it 1329. 233 Seiten

NF 17/2/1.09

In Weihnachtszeiten. Betrachtungen, Gedichte und Aquarelle des Verfassers. Ausgewählt und mit einem Nachwort von Volker Michels. it 2418. 118 Seiten

Jahreszeiten. Betrachtungen, Gedichte und Aquarelle. Zusammengestellt von Volker Michels. it 2339. 131 Seiten

Weihnachten. Betrachtungen und Gedichte zur Winter- und Weihnachtszeit. Ausgewählt und mit einem Nachwort versehen von Volker Michels. it 3302. 106 Seiten

Wolken. Betrachtungen und Gedichte. Herausgegeben von Volker Michels. Mit Fotografien von Pieter Jos van Limbergen. it 3332. 147 Seiten

NF 17/3/1.09

»Freude am Garten« im insel taschenbuch Eine Auswahl

Alle Vögel sind schon da. Geschichten und Gedichte. Ausgewählt von Simone Frieling. it 3085. 171 Seiten

Alpenblumen im Frühling. In Holz geschnitten und kolriert von Josef Weisz. Nachbemerkung von Josef Weisz. Botanische Erläuterungen von Gerd Miller. 64 Seiten. IB 1142

Elizabeth von Arnim
- Elizabeth und ihr Garten. Roman. Aus dem Englischen von Adelheid Dormagen. Gebunden und it 1293. 131 Seiten
- Der Garten der Kindheit. Übersetzt von Leonore Schwartz. it 3258. 67 Seiten

Bäume. Gedichte und Prosa. Ausgewählt von Gottfried Honnefelder. it 1811. 282 Seiten

Marianne Beuchert
- Gärten am Reiseweg. Von Irland bis Portugal. Mit farbigen Fotografien von Marion Nickig. 160 Seiten. Gebunden
- Die Gärten Chinas. it 2195. 280 Seiten
- Symbolik der Pflanzen. Von Akelei bis Zypresse. Mit Aquarellen von Maria-Therese Tietmeyer. it 2994. 391 Seiten.

Blütenzauber. Die schönsten Blumengedichte. Ausgewählt von Gesine Dammel. it 2422. 93 Seiten

Esther Gallwitz. Schneewittchens Apfel. Pflanzen in Grimms Märchen. Mit farbigen Aquarellen von Maria-Therese Tietmeyer. it 2530. 209 Seiten

NF 56/1/12.07

Die Geschichte der Gärten und Parks. Mit zahlreichen Fotografien. Herausgegeben von Hans Sarkowicz. it 2723. 321 Seiten

Ginkgo. Der Baum des Lebens. Ein Lesebuch.it 2995. 96 Seiten

Mit Goethe durch den Garten. Ein ABC für Gartenfreunde. Herausgegeben von Claudia Schmölders. Illustrationen von Hans Traxler. it 1211. 137 Seiten

Willi Harwerth
- Das kleine Baumbuch. Die deutschen Waldbäume. Geleitwort von Friedrich Schnack. Farbige Bilder von Willi Harwerth. IB 316. 68 Seiten
- Das kleine Kräuterbuch. Einheimische Heil-, Würz- und Duftpflanzen, nach der Natur gezeichnet von Willi Harwerth. Mit einer kleinen Kräuterkunde von Friedrich Schnack und Erläuterungen von Sandro Limbach. Mit 36 Bildtafeln. IB 269. 80 Seiten

Zbigniew Herbert. Der Tulpen bitterer Duft. 64 Seiten. IB 1215

Hermann Hesse
- Bäume. Betrachtungen und Gedichte. Mit farbigen Fotografien von Pieter Jos van Limbergen. Herausgegeben von Volker Michels. it 455. 141 Seiten
- Freude am Garten. Betrachtungen, Gedichte und Fotografien. Herausgegeben und mit einem Nachwort versehen von Volker Michels. it 2204. 240 Seiten
- Im Garten. Betrachtungen, Gedichte und Bilder. Auswahl und Nachwort von Volker Michels. it 1329. 240 Seiten
- Jahreszeiten. Betrachtungen, Gedichte und Aquarelle. Zusammengestellt von Volker Michels. it 2339. Großdruck. 144 Seiten
- Schmetterlinge. Betrachtungen, Erzählungen, Gedichte. Zusammengestellt und mit einem Nachwort versehen von Vol-

NF 56/2/12.07

ker Michels. Mit farbigen Illustrationen. it 2424. 160 Seiten
- Stunden im Garten. Der lahme Knabe. Zwei Idyllen. Mit Zeichnungen von Gunter Böhmer. IB 999. 124 Seiten
- Vogel. Ein Märchen. Illustriert von Gunter Böhmer. Mit einem Nachwort von Volker Michels. it 2399. 103 Seiten

Hinter Mauern ein Paradies. Der mittelalterliche Garten. 112 Seiten. IB1184

Martina Hochheimer.
- Die Blumen in den Wintertagen. IB 1273. 66 Seiten
- »Und die Blumen des Sommers, die schön im Winde läuten«. IB1219 . 72 Seiten
- »Schönheit dieser Welt«. Blumen des Herbstes. Fotografiert und Textauswahl von Martina Hochheimer. 71 Seiten. IB1286
- Veilchen träumen schon. Die Blumen des Frühlings. IB1241. 72 Seiten

Marie Luise Kaschnitz. Der alte Garten. Ein Märchen. Großdruck. it 2394. 288 Seiten

Maria Sibylla Merian
- Das Insektenbuch. Metamorphosis Insectorum Surinamensium. Nachdruck der 1707 in Amsterdam erschienenen Ausgabe nach dem Exemplar der Sächsischen Landesbibliothek zu Dresden. Begleittext von Helmut Deckert. Mit 60 Bildtafeln. it 2870. 168 Seiten
- Neues Blumenbuch. Nachdruck der 1680 in Nürnberg erschienenen Ausgabe nach dem Exemplar der Sächsischen Landesbibliothek in Dresden. Begleittext von Helmut Deckert. 305 Seiten. Gebunden. und it 2927. 151 Seiten.

Olive. Der heilige Baum. Geschichten und Gedichte mit farbigen Abbildungen. Ausgewählt von Andrea Schellinger. it 3031. 155 Seiten

NF 56/3/12.07

Eliza Orzeszkowa. Die Blumenhochzeit. Ein Märchen. it 2397. 66 Seiten

Anna Pavord. Die Tulpe. Eine Kulturgeschichte. Übersetzt von Sven Dörper und Thomas Wollermann. Mit farbigen Abbildungen. it 2881. 285 Seiten.

Hermann Fürst von Pückler-Muskau. Andeutungen über Landschaftsgärtnerei. Herausgegeben von Günter J. Vaupel. it 1024. 377 Seiten

Eça de Queiroz. Die Rose. Übersetzt von Ulrich Kunzmann. 55 Seiten. IB 1177

Rainer Maria Rilke.
- Frühling. Ausgewählt von Thilo von Pape. it 3255. 118 Seiten
- Herbst. Ausgewählt von Thilo von Pape. it 3288. 116 Seiten
- In einem fremden Park. Gartengedichte. IB 1125. 128 Seiten
- Jahreszeiten. Gedichte und Gedanken. Ausgewählt von Vera Hauschild.it 3109. 126 Seiten
- Sommer. Ausgewählt von Thilo von Pape. it 3266. 114 Seiten
- Winter. Ausgewählt von Thilo von Pape. it 3289. 124 Seiten

Die Rose. Gedichte und Prosa. Ausgewählt von Beatrix Müller-Kampel. Mit farbigen Fotografien. it 2619. 187 Seiten

Johannes Roth
- Gartenlust. Mit farbigen Fotografien von Marion Nickig. it 1390. 249 Seiten
- Die neue Gartenlust. Mit farbigen Fotografien von Marion Nickig. it 1571. 166 Seiten
- Gartenlust. Die neue Gartenlust. Mit farbigen Fotografien von Marion Nickig. Zwei Bände in Kassette. it 3035. 415 Seiten

NF 56/4/12.07

Vita Sackville-West. Sissinghurst. Portrait eines Gartens. it 3183 127 Seiten

Peter Sager. Englische Gartenlust. Von Cornwall bis Kew Gardens. it 3184. 162 Seiten

Schmetterlinge. Geschichten und Gedichte. Auswahl von Simone Frieling. it 2882. 196 Seiten

Siegfried Unseld. Goethe und der Ginkgo. Ein Baum und ein Gedicht. Mit Abbildungen. IB 1188. 112 Seiten

Von Fliegen und Menschen. Geschichten und Gedichte. Ausgewählt von Margit Wyder. it 2933. 250 Seiten

Die vier Jahreszeiten. Gedichte und Prosa. Vier Bände einzeln:
- Das Frühlingsbuch. Herausgegeben von Hans Bender und Nikolaus Wolters. it 2201. 233 Seiten
- Das Sommerbuch. Herausgegeben von Hans Bender. it 847. 230 Seiten
- Das Herbstbuch. Herausgegeben von Hans Bender. it 657. 262 Seiten
- Das Winterbuch. Herausgegeben von Hans Bender und Hans Georg Schwark. it 728. 252 Seiten

Karl Heinrich Waggerl. Das Wiesenbuch. 75 Seiten. IB426

NF 56/5/12.07

Literarische Reisebegleiter im insel taschenbuch Eine Auswahl

Städte

Barcelona. Ein Reisebegleiter. Von Michi Strausfeld. Mit farbigen Fotografien. it 3251. 283 Seiten

Bayreuth. Ein literarisches Porträt. Herausgegeben von Frank Piontek und Joachim Schultz. Mit zahlreichen Abbildungen. it 1830. 208 Seiten

Mit Brecht durch Berlin. Ein literarischer Reiseführer. Von Michael Bienert. Mit zahlreichen Fotografien. it 2169. 271 Seiten

Literarischer Führer Berlin. Von Fred Oberhauser und Nicole Henneberg. Mit zahlreichen Abbildungen, Karten und Registern. it 2177. 517 Seiten

Bremen. Literarische Spaziergänge. Von Johann-Günther König. Mit farbigen Fotografien. it 2621. 272 Seiten

Buenos Aires. Ein Reisebegleiter. Von Sieglinde Oehrlein. Mit farbigen Fotografien. it 3215. 239 Seiten

Cambridge. Eine Kulturgeschichte. Von Peter Sager. it 3335. 331 Seiten

Chicago. Porträt einer Stadt. Herausgegeben von Johann Norbert Schmidt und Hans Peter Rodenberg. Mit farbigen Fotografien. it 3032. 330 Seiten

Dublin. Ein Reisebegleiter. Von Hans-Christian Oeser. Mit farbigen Fotografien. it 3114. 220 Seiten

NF 31/1/4.10

Florenz. Ein Reisebegleiter. Von Birgit Hanstedt. Mit farbigen Fotografien. it 3610. Etwa 220 Seiten

Frankfurt. Acht literarische Spaziergänge. Von Siegfried Diehl und Karlheinz Braun. Mit farbigen Fotografien. it 3204. 246 Seiten

Mein Frankfurt. Von Martin Mosebach. Ausgewählt und mit einem Nachwort von Rainer Weiss. Mit Fotografien von Barbara Klemm. it 2871. 176 Seiten

Granada. Ein literarisches Porträt. Herausgegeben von Nina Koidl. Mit farbigen Fotografien. it 2635. 243 Seiten

Hamburg. Ein Städte-Lesebuch. Herausgegeben von Eckhart Kleßmann. Mit zahlreichen Abbildungen. it 1312. 305 Seiten

Havanna. Ein Reisebegleiter. Von Roman Rhode. Mit farbigen Fotografien. it 3608. 216 Seiten

Heidelberg-Lesebuch. Stadt-Bilder von 1800 bis heute. Herausgegeben von Michael Buselmeier. it 913. 385 Seiten

Istanbul. Ein Reisebegleiter. Von Barbara Yurtdas. Mit farbigen Fotografien. it 3026. 313 Seiten

Leipzig. Ein Reisebegleiter. Von Werner Marx. Mit farbigen Fotografien. it 3253. 220 Seiten

Lissabon. Ein Reisebegleiter. Von Gaby Wurster. Mit farbigen Fotografien. it 3202. 190 Seiten

London. Literarische Spaziergänge. Von Harald Raykowski. it 2554. 272 Seiten

NF 31/2/4.10

London. Bilder einer großen Stadt. Von Virginia Woolf. it 3185. 102 Seiten

Moskau. Ein Reisebegleiter. Von Ingrid Schalthöfer. Mit farbigen Fotografien. it 3454. Etwa 220 Seiten

Muß man München nicht lieben? Von Wolfgang Koeppen. it 2712. 160 Seiten

München. Ein Reisebegleiter. Von Gerd Holzheimer. Mit farbigen Fotografien. it 3351. 208 Seiten

New York. Literarische Spaziergänge. Von Herbert Genzmer. Mit farbigen Fotografien. it 2883. 160 Seiten

Oxford. Eine Kulturgeschichte. Von Peter Sager. it 3334. 365 Seiten

Paris. Literarische Spaziergänge. Von Uwe Schultz. Mit farbigen Fotografien. it 2884. 272 Seiten.

Mit Proust durch Paris. Von Rainer Moritz. Mit zahlreichen Fotografien. it 2992. 160 Seiten.

Peking. Ein Reisebegleiter. Von Susanne Messmer. Mit farbigen Fotografien. it 3358. 252 Seiten

Potsdam. Literarische Spaziergänge. Von Jochen R. Klicker. Mit farbigen Fotografien. it 2926. 416 Seiten

Rom. Ein Reisebegleiter. Von Birgit Hanstedt. Mit farbigen Fotografien. it 3338. 331 Seiten

Rom. Inseln in Rom. Von Marco Lodoli. it 3196. 128 Seiten

NF 31/3/4.10

Rom. Spaziergänge in Rom. Von Marco Lodoli. it 3339. 102 Seiten

Mit Marie Luise Kaschnitz durch Rom. Herausgegeben von Iris Schnebel-Kaschnitz und Michael Marschall von Bieberstein. Mit Fotografien von Mario Clementi. it 2607. 196 Seiten

Salzburg. Ein Reisebegleiter. Von Wolfgang Straub. Mit farbigen Fotografien. it 3359. 225 Seiten

St. Petersburg. Literarische Spaziergänge. Von Ingrid Schalthöfer. Mit farbigen Fotografien. it 2833. 240 Seiten

Tübingen. Ein literarischer Spaziergang. Herausgegeben von Gert Ueding. Mit zahlreichen Abbildungen. it 1246. 384 Seiten

Venedig. Ein Reisebegleiter. Von Doris und Arnold E. Maurer. Mit zahlreichen Fotografien. it 3110. 190 Seiten

Venedig. Salon der Welt. Von Eva Demski. it 3193. 113 Seiten

Weimar. Ein Reisebegleiter. Von Annette Seemann. Mit farbigen Fotografien. it 3066. 300 Seiten

Wien. Ein Reisebegleiter. Von Susanne Schaber. Mit farbigen Fotografien. it 3278. 272 Seiten

Das Wiener Kaffeehaus. Mit zahlreichen Abbildungen und Hinweisen auf Wiener Kaffeehäuser. Herausgegeben von Kurt-Jürgen Heering. it 1318. 318 Seiten

NF 31/4/4.10